Cloud 2.0

von Martin A. Bodden

Books on Demand

Martin A. Bodden

Cloud 2.0

Sci-Fi

Bibliografische Information der Deutschen Nationalbibliothek: Die Deutsche Nationalbibliothek verzeichnet diese Publikation in der Deutschen Nationalbibliografie; detaillierte bibliografische Daten sind im Internet über http://dnb.dnb.de abrufbar.

Herstellung und Verlag: BoD – Books on Demand, Norderstedt

ISBN: 9783753408194

CLOUD 2.0

1

Frank Wiese hatte keine Chance der Einheit der Spezialkräfte Prävention zu entkommen. Sie brachen durch die verbarrikadierte Tür, noch bevor er aus dem Fenster klettern konnte. Und ihr erster Taser-Schuss traf ihn mit voller Ladung oberhalb seines Herzens. Mit nur einem Sekundenbruchteil zu leben, bevor sein Herz aufhörte zu schlagen, warf er verzweifelt eine kleine silberne Kapsel hinunter auf die Straße zwischen die rasenden Autos.

Ein Kombiwagen in einem altertümlichen Design rollte über die Kapsel, wo sie im Profil seiner Reifen stecken blieb. Nur wenige Sekunden später schlug dort der Schädel von Frank Wiese auf den Asphalt auf und zerbrach mit einem scheußlichen Knackgeräusch. Innerhalb der paar Minuten, die die Deteks brauchten, um nach unten zu gelangen, waren schon ein halbes Dutzend Wagen über seinen Körper gerollt. Und was auch immer jetzt noch von Frank Wiese übriggeblieben war, ging in die Pathologie, wo es analysiert und dann zur Recycling Abteilung verschickt wurde, um in Basiselemente und andere nützliche Ressourcen aufgespalten zu werden.

2

Joy Armstrongs Kombi rollte die Auffahrt hinauf und stoppte mit einem Ruckeln. Sofort öffnete sich die Seitentüre und ein Teenager sprang heraus, glücklich darüber, endlich von der langen Rückfahrt zur Läuterung seiner Großmutter erlöst zu sein.

Er trug ein sauberes weißes Hemd, schwarze Jacke und schwarze Lackschuhe, die ihm insgesamt das ernste Aussehen eines Erwachsenen verliehen. Er konnte jedoch kaum älter als 15 Jahre sein.

„David", rief seine Mutter, während sie sich aus dem Fahrersitz schälte, „hilf mir, Omas Sachen ins Haus tragen! Wir müssen einen Platz finden, wo wir sie abstellen können, bis ich Gelegenheit habe, alles zur Wohlfahrt zu bringen..."

David drehte sich um und kehrte zu seiner Mutter zurück, die soeben den Kofferraum öffnete. Zwei kleine Umzugskartons und ein paar Möbel waren alles, was von einem 72-jährigen Leben übriggeblieben war; seine Großmutter hatte Ihnen keine Reichtümer hinterlassen.

Der Junge nahm einen Karton und folgte seiner Mutter ins Innere des Hauses. Die Tür öffnete sich, als sie den Kegel des Scanner-Radius betraten, und es erkannte sie als die Bewohner dieser

Doppelhaushälfte. Das Haus begrüßte sie mit ihren Namen als sie eintraten und ihre Lasten im Flur des Hauses abstellten.

„David, sei ein Schatz und bring mir noch die zweite Kiste aus dem Kofferraum, ja?"

Während seine Mutter mit der Bedienung eines Touch-Panels beschäftigt war, kehrte David mürrisch zum Auto zurück und nahm den letzten Karton aus dem Kofferraum. Er stützte das Gewicht des Kartons auf der Stoßstange ab, während er mit der freien Hand den Kofferraumdeckel zuschlug – etwas härter als gewollt. Der Zylinder löste sich dadurch aus dem Reifenprofil und fiel hinunter auf die asphaltierte Auffahrt. Langsam rollte die Kapsel aus dem Schatten des Autos und dorthin, wo David sie wahrnehmen konnte.

In der Sonne aufblitzend fiel sie ihm ins Auge und er nahm an, die Kapsel sei aus der Kiste gefallen. Er hob sie auf und steckte sie in den Karton, gemeinsam mit all den anderen Sachen. Eilig lief er nach drinnen. Es lief eine Sendung im Stream, die er auf keinen Fall erst später ansehen wollte.

3

Detek-Offizieller Jonas Tausend räusperte sich, bevor er das Büro seines Vorgesetzten betrat. Nervös fummelte er an den Knöpfen seiner Uniform herum und vergewisserte sich, dass alles am rechten Platz war. Es ging entweder um eine Beförderung oder um eine Mahnung, doch Tausend war sich keines Ereignisses bewusst, das eine solche Maßnahme verdient hätte.

Die Tür öffnete sich summend, nachdem er zuvor dreimal geklopft hatte. Ein: „Herein", begleitete seinen Eintritt, übermittelt durch unsichtbare Lautsprecher.

Komissionar Johann Fontaine saß bequem in seinem Sessel aus Lederimitat und starrte Tausend mit seinen durchdringenden grauen Augen an. Jonas kam nicht umhin, sich unwohl zu fühlen, während er die ersten Schritte in das Büro tat. Seine Abneigung gegenüber dem Komissionar ließ sich nicht einfach erklären, aber ebenso ließ sich folgendes nicht von der Hand weisen:

Jonas war durchtränkt von Misstrauen vor seinem Vorgesetzten und dessen Launen. Und seine größte Furcht war, dass dies dem Komissionar ebenfalls bewusst war.

„Nehmen Sie Platz", bellte Fontaine mit seiner tiefen Bassstimme.

Jonas nahm Platz und fand sich unter Augenhöhe seines Vorgesetzten wieder. Jedes Mal, wenn er auf diesem Stuhl saß, fragte er sich, ob Fontaine die Beine hatte absägen lassen.

„Sie wollten mich sprechen, Komissionar?"

„Ja, Offizieller. Ich habe einen Spezialauftrag für Sie."

Jonas entspannte sich augenblicklich. Ihm war nicht bewusst gewesen, dass es sich um einen neuen Auftrag handeln könnte. Immerhin erledigte er seit nahezu zehn langen Jahren nun mehr oder weniger denselben langweiligen Schreibtischjob.

„Wie lange sind sie jetzt Detek, Tausend?"

„Ich wurde nach der 16-jährigen Reifephase vom NET direkt zugeteilt. Alle Tests hatten ergeben, dass ich einen ausgezeichneten Detekmann abgeben würde."

Fontaine lehnte sich in seinem Sessel zurück und überflog in Gedanken seine Informationen über Tausend.

„Ja, ich erinnere mich, gelesen zu haben, dass sie eine 96-prozentige Eignung in der Abschlussprüfung erzielt haben.“

Tausend fühlte ein wenig Stolz, als er die lange vergessene Bewertung hörte. Er lächelte verlegen und nickte.

„Nun ja, auch die Maschinen können sich mal irren. Aber jetzt, wo Rolands in den...Ruhestand geht...“

„Wie bitte?“, fragte Tausend erstaunt.

„Haben Sie die heutige Liste nicht gelesen? Er ist auf der Ausschussliste, darum gebe ich seinen Fall an Sie weiter.“

Fontaine schob einen Stapel elektronischen Papiers in seine Richtung auf den Tisch und Tausend hob die Papiere auf. Er warf einen Blick auf das erste Papier, sah das Foto eines Graffitis und drückte den Soft-Button am Rand des Papiers, um die komplette Aufnahme einer Sicherheitskamera abzuspielen.

Eine Gruppe maskierter Sprayer war zu sehen. Sie sprühten das Wort „DooM“ auf die Wand. Nachdem die Zeitraffer-Aufnahme beendet war, fror das Bild wieder ein. Er las das Wort erneut „DooM“.

„Was soll das überhaupt bedeuten?", fragte er Fontaine.

„Was es bedeutet ist doch völlig egal", erwiderte der, „der Fakt, dass die es schneller dort aufsprühen konnten, als wir es entdeckt haben, ist was mir Sorgen macht!"

Er atmete tief ein.

„Was, wenn plötzlich überall in der Stadt neue Wörter auftauchen? Was würde wohl die Öffentlichkeit denken und dazu sagen? Was denken Sie würde passieren?"

„Sie würden das zweifellos für eine neue Art der Werbung halten."

„Natürlich, aber denken sie auch mal etwas weiter. Wohin führt uns das? Können Sie sich das vorstellen?"

Unfähig zu entscheiden, ob es sich dabei um eine rhetorische Frage handelte, schwieg Tausend zunächst. Bis er am fragenden Blick des Komissionars ablas, dass dieser auf eine Antwort wartete.

„Nein, das kann ich nicht", sagte Jonas knapp.

„Über kurz oder lang würde eine Nachfrage nach Produkten entstehen, die von niemandem hergestellt werden; und irgendwer müsste es tatsächlich produzieren. Wie unnütz wäre die Produktion von etwas wie „DooM" für eine Industrie, die bereits jedes erdenkliche Produkt im Angebot führt?"

Sein Kopf war während der hitzigen Erklärung rot angelaufen, der Blutdruck ging durch die Decke. Jonas konnte ihm nicht ganz folgen, auf jeden Fall übertrieb Fontaine.

Mit voller Überzeugung fügte der Komissionar hinzu:

„Wir müssen diese illegalen Zurschaustellungen stoppen und herausfinden, wer dahintersteckt!"

Tausend signalisierte nickend seine Zustimmung.

„Haben wir denn schon irgendwelche Hinweise darauf, um wen es sich bei den Verantwortlichen handeln könnte?"

Fontaine reichte ihm einen handlichen Touchscreen und sagte:

„Die haben wir bisher gefunden", er nickte in Richtung des Tablets, das Tausend gerade annahm,

„Darauf finden Sie die gesammelten Nachforschungen ihres Vorgängers."

Jetzt erst ließ er das Tablet los, damit Jonas es entgegennehmen konnte.

„Die Information in diesem Dossier ist vertraulich und nicht über die zentrale Datenbank zugänglich. Sie werden ihre Ergebnisse nur mir berichten und niemandem sonst, ist das klar!"

Tausend sah ihn überrascht an. Dies war nicht die übliche, protokollierte Vorgehensweise. Dennoch antwortete er:

„Selbstverständlich, Komissionar!"

„Gut! Dann gehen Sie jetzt und nehmen das Material mit, arbeiten sich ein. Wir haben zwar ein paar Hinweise, aber ich sage Ihnen gleich: es ist noch nichts Ausschlaggebendes dabei."

Tausend wollte grade aufstehen, als sein Vorgesetzter auf den eigentlichen Grund seiner Berufung zu sprechen kam.

„Ach, und Tausend... Sie sind zum Detektor befördert worden, meinen Glückwunsch!"

Jonas konnte nicht anders als seinen Chef anzulächeln. Endlich, so schien es, wendeten sich die Dinge zu seinen Gunsten.

„Danke, wirklich – vielen Dank!"

Ungerührt erwiderte Fontaine:

„Das ist Ihr erster richtiger Job für die Abteilung, also versauen sie's nicht!“

Mit einer Hand wedelnd, als entließe ein Herrscher seinen Untergebenen, entließ Fontaine seinen Mitarbeiter ohne Weiteres.

4

Thaddeus Marcos knochige alte Hand schloss sich um das altmodische Ladenschild, das im Inneren seiner Buchhandlung baumelte. Die vergilbte Aufschrift des Schaufensters las sich „Bücher + Drucke – Antiquitäten". Der ganze Laden war ein einziges Chaos. Offensichtlich hatte sich seit Jahren niemand mehr die Mühe gemacht, dort aufzuräumen. Auf den alten Holzmöbeln stapelten sich Türme von Büchern, die Vitrinen quollen über von Manuskripten und Folianten.

Thaddeus besaß wahre Schätze für diejenigen, die sich mit Literatur und Kunst auskannten. Dazu gehörten alte Drucke von „Utopia", ledergebundene Bände von „Don Quixote" (ein Band älter als der Nächste) und Buchausgaben von Shakespeares gesammelten Werken oder auch von anderen, weniger bekannten Künstlern. Sie alle hatten eines gemeinsam. Sie bedeuteten den Menschen und dieser Gesellschaft nicht das Geringste.

Er drehte das Ladenschild von „offen" auf „geschlossen" und schloss die Tür ab, denn es kam sowieso niemand vorbei, um etwas zu kaufen. Thaddeus war grade im Begriff, zurück in der tiefen Höhle seines Ladens zu verschwinden, als er einen Jungen sah, der, aufgeregt mit einem Buch in

der Hand winkend, auf sein Geschäft zustürmte.
Während er rannte, rief er mehrmals seinen
Namen.

„Tad", wie David ihn nannte, öffnete die Tür weit,
so dass David an ihm vorbeikam. Dann schloss er
die Tür hinter sich und dem Jungen. David
begrüßte ihn atemlos und hielt das Buch in die
Höhe.

„Hi Tad, wie laufen die Geschäfte?"

Die Ernsthaftigkeit in der Stimme des Jungen ließ
es unwahrscheinlich erscheinen, dass er sich über
ihn lustig machen wollte.

„Ganz in Ordnung", brummte Tad, „zumindest ist
heute noch nichts gestohlen worden, soweit ich
das feststellen konnte."

Die Wangen des Jungen wurden rot vor
Verlegenheit, als er das Buch aushändigte.
Thaddeus betrachtete es voller Anerkennung.

„Eine Kopie von 'Unser Amerika', von José Marti.
Eine sonderbare Wahl. Erinnerst du dich daran,
warum du ausgerechnet dieses Buch
mitgenommen hast?"

David schüttelte den Kopf, dann antwortete er:

„Ich weiß nicht genau... es schien nur einfacher herauszuschmuggeln, als…“ Sein Blick fiel auf einen Band von Dickens, „das hier, zum Beispiel.“

„Nun, das hier heißt 'Große Erwartungen', darin geht es mehr um Unterhaltung. Das Buch, das du ausgesucht hast, handelt von Idealen.“

„Wirklich?“, fragte David interessiert, „Was denn für Ideale? Frauen, Autos, Kleidung…“

Tad schüttelte den Kopf.

„Das sind keine Ideale. Das denkst du nur. Es handelt von echten Idealen, wie 'Freiheit', zum Beispiel.“

Der Junge sah ihn stumpf an, als hörte er das Wort grade zum ersten Mal. Und dem war tatsächlich so.

„Was bedeutet das?“, fragte er.

„Du weißt nicht, was Freiheit bedeutet? Hast du das Wort nie vorher gehört?“

David musste kurz nachdenken.

„Nicht in der Schule“, gab er zu. "Wir lernen da nur, was wir für die Abschlussprüfung wissen müssen.“

Der alte Mann nickte.

„Ja natürlich, es gibt heutzutage auch wichtigere
Dinge als Freiheit, nicht wahr?"

David zuckte mit den Schultern, unfähig den
Sarkasmus des Alten zu erfassen.

Thaddeus griff sich eines der voluminösen Dickens
Bücher und schlug es auf. Die Seiten waren sauber
ausgeschnitten und innerhalb des ausgehöhlten
Buches lag ein Taschenwörterbuch.

David blickte fasziniert auf das Versteck und
wendete dann seine Aufmerksamkeit dem kleinen
Lexikon zu. Er beobachtete, wie Thaddeus es aus
seinem Versteck nahm und liebevoll mit dem
Handrücken darüberstrich.

„Was ist das, Tad?"

Nicht ohne Stolz fuhr Thaddeus mit dem
Zeigefinger über jeden einzelnen Buchstaben auf
dem Einband und erklärte:

„Das, mein junger Freund, ist ein Wörterbuch!"

Bei der Erwähnung des Begriffs „Wörterbuch", sah
ihn David schockiert an.

„Das ist ein verbotenes Wort, ein Un-Wort – das
sie uns in der Schule verboten haben!"

Dennoch beobachtete er neugierig, wie Thaddeus die Seiten umblätterte, offensichtlich auf der Suche nach einem bestimmten Eintrag.

„Was kann es denn? Ich meine – wozu ist es gut?", fragte David.

„Es bringt dir die Bedeutung von Wörtern bei", antwortete Tad knapp.

Neugierig geworden, lehnte sich David jetzt über das Buch und beobachtete, wie Tads Finger flink und zielgerichtet alle Einträge unter „F" durchforsteten.

Thaddeus fand das Wort 'Freiheit' und las dessen Bedeutung laut vor:

„Freiheit / der Zustand frei zu sein; die Möglichkeit zu handeln oder zu sprechen, ohne dabei von äußeren Gewalten eingeschränkt zu sein / Immunität gegenüber Verpflichtungen."

David sah ihn verwirrt an. Er verstand den Sinn des Ganzen nicht wirklich. Was er zur Genüge verstand war, dass es verboten war, ein Wörterbuch zu besitzen. Es war ein Verbrechen und konnte als solches strafverfolgt werden.

„Tad", fragte er, „hast du keine Angst, dass sie das Wörterbuch finden, wenn sie deinen Laden durchsuchen? Es ist verboten eines zu besitzen und es erfüllt keinen Zweck.“

Der alte Mann schlug die Seite zu und begann erneut seine Suche. Er blätterte, bis er den Eintrag gefunden hatte, nach dem er suchte.

„Ja, es ist verboten“, sagte er, „ebenso, wie es verboten ist, zu stehlen...“

Davids Kopf lief hochrot an, während er laut protestierte:

„Aber... ich bringe doch immer alles zurück, was ich gestohlen habe. Ich habe all deine Bücher wieder mitgebracht. Du weißt doch, dass ich nicht...“

Thaddeus unterbrach ihn und beruhigte David.

„David, es ist in Ordnung! Ich denke nicht, dass du ein Ab-G bist. Sieh' mal hier...“

Er hielt das Buch vor Davids Nase, so dass er den Eintrag selbst lesen konnte, während Tad vorlas:

„Klep-to-manie / ein unwiderstehlicher Impuls zu stehlen, ohne dabei ein wirtschaftliches Motiv zu haben.“

David sah ihn mit großen Augen an.

„Also meinst du, ich habe dieses... Klepto...Dings?“

„Ganz genau, und ich sammle gerne Dinge, nur
um ein Chaos um mich herum anzurichten. Auch
dafür gibt es ein Wort hier drinnen.“

Er klopfte auf das Wörterbuch.

„Wir sind nicht so verschieden, was meinst du?
Bloß zwei Seiten derselben Münze.“

David nickte.

„Ja, es scheint so als wären wir gar nicht so
unterschiedlich.“

„Siehst du nun, was ein Wörterbuch kann und
wozu es gut ist? Es sorgt dafür, dass du dich besser
fühlst, weil man die Welt besser versteht, wenn
man die Bedeutung von Wörtern kennt.“

David dachte darüber einige Sekunden nach.

„Warum will die Regierung dann nicht, dass wir
Wörterbücher besitzen?“, wollte er wissen.

„Wahrscheinlich wollen sie nicht, dass wir alles
wissen. Es würde uns ablenken und zu viel Zeit
kosten, die wir normalerweise mit Konsum
verbringen würden.“

„Tad, du bist der klügste Mensch, den ich kenne!“, sagte er aufrichtig.

Thaddeus lachte.

„Du bist genauso klug wie ich, David! Und wenn du unser Geheimnis behalten kannst, dann kannst du immer hierherkommen, um die Bedeutung von Wörtern zu lernen. Dein Geheimnis ist bei mir sicher und du wirst meines hoffentlich auch für dich behalten.“

„Natürlich Tad! Ich verspreche es!“

Als er die Tür hinter David Armstrong schloss, konnte Thaddeus die quadratische Form eines Buchs erkennen, dass David unter dem Hemd aus dem Geschäft geschmuggelt hatte. Er nickte sanft und verschloss die Tür von Hand und drehte endlich das Ladenschild auf „geschlossen“. Noch wusste er nicht, dass David ausgerechnet das Wörterbuch mitgenommen hatte.

5

David wurde sanft vom Vibrieren seiner Matratze geweckt. Langsam wurden die Lichter im Schlafzimmer heller und das Fenster schaltete von undurchsichtig auf transparent. Er stand auf und verließ das Zimmer in seinem kunstseidenen Schlafanzug, um eine Schalldusche zu nehmen.

Am Frühstückstisch saß seine Mutter bereits, einen Proteinbar kauend und an ihrem halb-synthetischen Mango Saft nippend. David setzte sich und aus dem Inneren des Tisches fuhr ihm eine Auswahl an Proteinriegeln entgegen. Er nahm einen der Riegel und der Rest verschwand wieder im Lager des Tisches.

„Tee, grün – heiß", bestellte er und Sekunden später präsentierte der Tisch ihm einen dampfenden, aber künstlich aussehenden Becher mit grünem Tee. Seine Mutter las die Nachrichtenüberschriften und überflog den einen oder anderen Artikel auf ihrem Mobilgerät. Durch die holografische Projektion des Geräts hindurch konnte David die konzentrierten Gesichtszüge seiner Mutter beobachten, während er aß.

„Mutti, kann ich heute nach der Edu noch zu Ralf gehen?"

Seine Mutter sah kurz von ihrem Bildschirm auf und antwortete:

„Sicher. Ich muss heute im Büro sowieso Überstunden schieben."

„Machen sie immer noch dreimal die Woche Überstunden im Büro?", erkundigte sich David.

„Es könnte sogar sein, dass es bald fünfmal die Woche wird. Ich weiß noch nicht, wann ich zuhause sein werde..."

Nachdem sie ihn kurz angesehen und ihre Schlagzeile aus den Augen verloren hatte, vertiefte sie sich wieder in ihre Lektüre und suchte nach dem Artikel, der sie interessierte. Dann fiel ihr plötzlich etwas ein. Sie warf einen Blick auf die Kalenderanzeige und erinnerte sich.

„Das hätte ich beinahe vergessen! Wir müssen immer noch Omas Besitztümer durchgehen und das, was wir nicht brauchen können, zur Caritas bringen. Sie sind jetzt seit fast einer Woche im Schrank. Würdest du das bitte für mich erledigen?"

David hatte die Siebensachen seiner Großmutter bereits zur Genüge gesehen und war von dem Vorschlag wenig begeistert.

„Muss das sein?", fragte er.

„Ja, mein Schatz. Mama ist im Moment sehr beschäftigt."

„Mom, sprich doch nicht mit mir, als sei ich ein Baby!"

Seine Mutter sah ihn lächelnd an. Es war deutlich, dass ihr kleiner Mann in der Pubertät steckte und respektiert werden wollte.

„In Ordnung Herr Armstrong, würdest du mir den Gefallen tun, nach der Schule die Sachen deiner Großmutter durchzusehen?"

David wusste nicht, wie er sich dem widersetzen sollte und gab nach.

„In Ordnung Mom, ich mach' es für dich!"

„Das ist mein Sohn!"

Sie küsste ihn auf die Stirn, leerte ihr Glas Saft und stellt es auf den Tisch, wo es von unsichtbaren Händen in Richtung Zentrum gelenkt wurde und im Bauch des Tisches verschwand.

„Gut! Komm' nicht zu spät zur Schule und benimm' dich, in Ordnung?"

„Ja, Mom!"

Seine Mutter packte ihre Handtasche und ein paar Utensilien und machte sich auf den Weg zur

Arbeit. David blieb alleine am stillen Tisch zurück. Er rührte in seinem Tee und kaute lustlos auf seinem Proteinriegel herum. Er hatte bald genug davon und legte den Riegel auf den Tisch zurück, bevor er aufstand. Der Tisch bewegte, leise vibrierend, alles in die Mitte und schluckte die Reste vom Frühstück.

David verließ das Haus und ignorierte die blinkende Warnung, die auf eine der Wände projiziert wurde:

„Hast du heute deine Proteine gegessen?"

Die Tür öffnete und schloss sich hinter ihm, wie die Blende einer Fotolinse.

6

Es war Musterungstag in der Schule. Nachdem sie
ihre Klassenräume betreten hatten, zitierten die
Schüler gemeinsam zunächst die neun Regeln der
Gesellschaft:

·   Keine Arbeit zu haben, ist ein Verbrechen.
        Diebstahl bedeutet von denen zu nehmen,
        die Arbeit haben und ist ein größeres
        Verbrechen.

·   Gesundheit und Hygiene sind wichtig.
        Weiße Zähne und ein haarloser Körper
        sind hygienisch.

·   Es gibt im Leben kein höheres Ziel als gute
        Geschäfte.

·   Denke zuerst an dich. Andere Menschen
        kommen an zweiter Stelle.

·   Sexuelle Erholung ist eine gute Sache. Den
        Sexualpartner häufig zu wechseln ist
        gesund.

·   Träume sind für schwache Menschen,
        starke Menschen haben Arbeit.

·   Nichtstun ist ein schlechtes Vorbild für die
        Jugend.

·   Steh' dem Glück Anderer nicht im Weg.

·   Folge immer den Anweisungen eines
      Vorgesetzten.

David war es gewohnt, die Regeln ihres
Zusammenlebens aufzusagen. Jedes Kind kannte
sie auswendig und rezitierte sie jeden Tag vor
Schulbeginn. Die Schule diente hauptsächlich
dazu, ihnen Effizienz beizubringen, sei es ihre
Lesegeschwindigkeit betreffend, oder beim Lernen
von Programmiersprachen und beim Surfen im
NET.

Heute stand jedoch die physische Untersuchung
an erster Stelle und die Kinder stellten sich in Reih'
und Glied vor ihren Klassenzimmern auf, um für
die Untersuchung bereit zu sein.

In der schuleigenen Klinik warteten fünf Reihen
von Schülern darauf, ihre Medizinische
Untersuchung auf einem der Untersuchungsstühle
anzutreten. Die Stühle waren monströs groß und
sahen aus wie getunte Zahnarztsessel, bestückt mit
lauter Bildschirmen und Erweiterungen.

Nachdem er eine halbe Stunde gewartet hatte, war
es an David, auf die Plattform zu steigen. Mit
Babyschritten näherte er sich dem Stuhl, die Augen
weit geöffnet

„Was ist los?", fragte ihn der Arzt. „Setz' dich auf
den Stuhl, Junge!"

„Ich weiß nicht..." zögerte David. „Ich mag den
Stuhl nicht, hab' ihn noch nie gemocht!"

Der Arzt versuchte ihn zu beruhigen.

„Es ist zu deinem eigenen Besten, Kind. Was soll
man daran denn nicht mögen?"

David kaute auf der Unterlippe, bevor er sich eine
Antwort abrang.

„Er sieht... böse aus. Irgendwie unheimlich!"

Trotzdem stieg er auf den Stuhl und rutschte
unbehaglich auf dem Sitz in Position.

„Junge, du hast zu viel Vorstellungskraft!", befand
der Arzt. „Vergiss die Regeln nicht, wenn du eines
Tages auch mal ein Doktor werden willst!"

„Will ich aber nicht!", sagte David trotzig, und der
Arzt schien die Schlaufen, die seine Arme und
Beine fixierten, etwas fester anzuziehen, als es
nötig gewesen wäre.

David schämte sich über seinen Aussetzer. Warum
musste er auch immer Widerworte geben? Er
wusste, dass er insgeheim ein Faulpelz und Dieb
war und dadurch alleine schon ihre höchsten
Regeln des Zusammenlebens verletzte. Er war
nichts anderes, als ein gewöhnlicher Krimineller.

Sein einziger Freund auf der Welt war Tad Marcos, der selbst ein Abgewiesener war. Aber für David war er mehr als nur ein alter Mann. Thaddeus tolerierte seinen Drang zu stehlen, er erzählte niemandem davon und das alleine machte ihn schon zu Davids Freund.

David wusste, er hatte etwas Schreckliches getan, als er das Wörterbuch an sich genommen hatte. Er wusste, dass er es würde zurückbringen müssen – je eher, desto besser. Aber David wollte noch etwas über die Bedeutung von Wörtern lesen. Vielleicht gab es ein Heilmittel für seine Krankheit, diese Klepto...Kleptomanie-Dings.

„In Ordnung!", schloss der Doktor seine Untersuchung mit schweifendem Blick auf das Dutzend Monitore vor ihm. Er löste die Hand und Beinfesseln.

„Kein Befund. Du bist ein gesunder und sauberer Junge. Sorg' dafür, dass es so bleibt!"

David setzte sich auf und stieg vom Stuhl, ohne ein Wort zu sagen. Er rieb sich die Handgelenke, wo die Bänder ihn fixiert hatten. David verließ den Klinikraum und ging zurück in sein Klassenzimmer.

Während ihrer Mittagspause von exakt 15 Minuten, saß David alleine an einem Tisch für 25

Personen und blickte verstohlen zu Richard Graf, dem beliebtesten Jungen seiner Altersgruppe, hinüber. Graf war ein Jahr älter als er und stand kurz davor, mit den anderen seines Jahrgangs die finale Einstufung durch das NET zu absolvieren.

Richard hatte alles – die Mädels, den Stil und das viele Geld zum Konsumieren. Seine Eltern waren nicht einmal geschieden und selbst wenn, wären sie danach immer noch reich genug, um ihm ein Luxusleben zu ermöglichen. Er brauchte sich keine Sorgen zu machen. Und jedem, der es hören wollte, erzählte Richard, dass sein Vater ein Controller war und er selbst auch bald ein Controller sein würde. Es schien selbstverständlich für ihn, dass die finale Beurteilung durch das NET ihn für das höchste Amt vorschlagen würde.

David wusste nicht wirklich, was Richard zu etwas Besonderem machte. Es schien ihm so, als reiche es bereits aus, genug Geld zu haben und vor Selbstsicherheit zu strotzen, damit andere Menschen einem jedes Wort glaubten. Wenn David lernen konnte, das Geheimnis der Bedeutung von Wörtern zu lernen, dann konnte er vielleicht genauso lernen sie zu seinem Vorteil zu manipulieren und zu kontrollieren - so, wie Richard Graf.

David hatte keinen Schimmer, was er mit dem Leben anfangen sollte. Aber es war ihm klar, dass er nicht festgenommen und eingesperrt werden wollte, weil er gestohlen hatte oder arbeitslos war – ein Ab-G, wie es sein Vater war. Wann war dieser Schultag denn endlich vorbei? Hoffentlich konnte er ihn hinter sich bringen, ohne dass…

„Armstrong, was ist los? Träumst du schon wieder?"

Ein Aufseher war auf ihn aufmerksam geworden und stieß ihm seinen Knüppel in die Rippen.

„Hast du in der Schule heute nicht die Regeln aufgesagt?", wollte der Mann wissen.

„Doch, natürlich Aufseher!"

Schnell stand er auf, um sich aus dem Staub zu machen, bevor ihn seine verflixten Tagträume wieder einholen konnten. Er musste allerdings warten, bis Richard Graf und seine Gefolgschaft vorbeigezogen waren. Graf beugte sich im Vorbeigehen in seine Richtung und sagte für jeden hörbar:

„Netter Versuch, Versager! Du wirst immer ein Niemand sein, Armstrong!"

David wusste, dass er Recht hatte. Die Wahrscheinlichkeit, dass er sich in dieser

Gesellschaft einen Namen machen würde, war verschwindend gering. Mit hängendem Kopf und alleine kehrte er zu seinem Klassenzimmer zurück. David hasste die Schule und er hatte jeden Grund dazu.

7

Nach der Schule ging David nach Hause, wie er es versprochen hatte. Sein sogenannter Freund, Ralf Sherman, schien nicht allzu enttäuscht darüber und beschwerte sich, dass David sowieso nie Geld zum Shoppen hatte. Ralf und eine Gruppe schlecht gekleideter Teenager zogen ohne ihn auf ihre Tour los.

Zuhause bereitete der Tisch ihm ein langweiliges Abendessen und David aß gedünstetes Gemüse, kombiniert mit einem Hackfleischsurrogat. An seinem Gesicht konnte man ablesen, dass es nicht besonders gut schmeckte. Am Wichtigsten war, dass alles Nährstoffe enthielt und raffiniert aussah.

David stand nach dem Essen auf und öffnete eine Schublade, um eine Rolle Plastiksäcke herauszunehmen. Schwarze Plastiksäcke mit der Aufschrift „Caritas"; offenkundig waren es bloß gewöhnliche Müllsäcke.

David ging ins Wohnzimmer und schaltete den Fernseher an. Es lief ein Nachrichten-Stream, parallel zu mehreren Werbeeinblendungen. Eine weibliche Moderatorin pries in einem eng geschnittenen und kurzen Outfit grade das neueste Deo an, das David sich unbedingt kaufen sollte. Das Holo-TV Set nannte ihn beim Namen, während die Produkte vorgestellt wurden:

„Du DAVID solltest einen Blick auf das neue Dies-und-Das riskieren. Schon morgen könntest du mehr Erfolg in deinem Leben haben! Und die Mädels lieben es!"

David hörte schon nicht mehr zu. Die Werbung interessierte ihn nicht, er konnte sich das meiste sowieso nicht leisten. Dass die Sprecherin ein winziges und enges Outfit trug, heiterte ihn ebenfalls nicht auf.

Er holte den ersten Karton mit Omas Sachen aus dem Schrank und begann zu sortieren.

„Caritas, Caritas, Caritas", zählte er auf, während er einen Artikel nach dem anderen in dem Plastiksack versenkte.

Nachdem er den ersten Umzugskarton geleert hatte, sah er auf dessen Boden die kleine silberne Kapsel liegen. Er ließ den Müllsack los, um sich die Kapsel näher anzusehen.

Neugierig hob er sie in Augenhöhe und hielt sie zwischen Zeigefinger und Daumen, um sie besser sehen zu können.

„Was ist das denn, Oma? Wer hat dir das verschrieben?"

Er begann damit, sie aufzuschrauben, vorsichtig und genau, wie ein Spezialist, der mit einer delikaten Aufgabe betraut worden ist, wie dem Entschärfen einer Bombe. Der obere Teil löste sich und David sah darin ein kleines, aufgerolltes Stück Papier. Etwas enttäuscht aber immer noch neugierig, rollte er das Papier aus und es entfaltete sich in einen Ring.

Er hob es hoch und betrachtete es genauestens, doch es blieb nur ein leeres weißes Stück Papier, das zwar irgendeine Beschichtung hatte, doch ansonsten keinerlei Besonderheiten aufwies.

Spielerisch legte er es sich um das Handgelenk und plötzlich wurde das Papier aktiv und versteifte sich zu einem Ring. Seine Körperwärme alleine reichte aus, um einen Elektronenfluss zu aktivieren. Er sah jetzt, dass es eine Art Display war, auf dem nun ein mehrstelliger Code aufleuchtete. Er nahm das Band probeweise ab und es wurde wieder zu einem leeren Papierstreifen; offensichtlich wurde es von seiner eigenen Körperenergie oder Körperwärme aktiviert und am Laufen gehalten.

David las den Code und erkannte ihn fast augenblicklich. Es war eine NET-Adresse, wie sie sie in der Schule lernten; allerdings war es ein ihm unbekannter Link – eine viel zu lange Reihe aus Zeichen und Symbolen.

Gespannt trug er es nach oben in sein Zimmer und schaltete den Holoschirm seines persönlichen NET-Zugangs ein. Eine Webseite mit dem Namen „Heute" erschien. Auf ihr waren sämtliche für ihn relevanten Informationen gebündelt. Er las den Code und trug ihn gleichzeitig in die Eingabezeile des Browsers ein. Als er fertig war, drückte David auf 'abschicken' und augenblicklich verschwand die Heute FrontPage und machte Platz für ein viel einfacheres Interface, das David noch niemals zuvor gesehen hatte.

„Was ist das denn?", fragte er verdutzt.

Er lenkte seine Augen auf ein Interface-Fenster und wählte die 'Chat' Option. Sofort poppte ein Chat-Fenster auf und David saß eine Weile davor, unsicher darüber was nun von ihm erwartet wurde.

„Hallo?", fragte er und bekam keine Antwort. Kurz darauf wurde ihm klar, dass der Chat auf manuelle Eingabe reagierte. Das hieß, er musste tatsächlich per Tastatur eingeben, was er sagen wollte.

Er ließ die projizierte Tastatur seines Systems aufleuchten und tippte seine Eingabe mit flinken Fingern.

„Hallo."

Sofort kam die Antwort.

„Hallo."

David fühlte sich ermutigt zu fragen:

„Wer bist du?"

Die Antwort war:

„Ich bin Normativ-Erzieherischer-Transfer."

Davids nächste Frage war.

„Wo bin ich hier gelandet?"

„Du hast High-Tels Universalcode in deine Sendeeinheit eingegeben und kontrollierst nun alle Funktionen des NET."

David riss die Augen vor Verwunderung weit auf.

„ICH kontrolliere das NET?"

„Positiv."

David studierte den Bildschirm sekundenlang und suchte nach einer Möglichkeit, die Aussagen auf ihren Wahrheitsgehalt hin zu überprüfen. Schließlich fiel ihm etwas ein:

„Sag mir", verlangte er, „was Freiheit bedeutet!"

„Freiheit / der Zustand frei zu sein; die Möglichkeit zu handeln oder zu sprechen, ohne dabei von äußeren Gewalten eingeschränkt zu sein / Immunität gegenüber Verpflichtungen. Richtig?"

David tippte seinerseits:

„Ja! Woher weißt du das?"

„Die Definition wurde der Datenbank hinzugefügt. Evaluation begann bei Zeitindex 002048. Bei Zeitindex 002064 wurde sie aus der Controller Datenbank gelöscht, verblieb aber in meinem Hauptspeicher."

David war schockiert. Laut sagte er:

„Die Controller Datenbank? Der Zugriff darauf ist doch verboten!"

Er tippte schnell:

„Wer bist du?"

„Ich bin Normativ-Erzieherischer Transfer."

Er formulierte seine Frage um.

„Wer hat dich gebaut?"

„Ich wurde von Ichselbst gebaut."

David tippte so schnell er konnte.

„Das ist doch unmöglich! Wer ist Ichselbst?"

„Du bist Ichselbst."

David unterbrach die Verbindung und blickte auf den dunklen Schirm in einem panikartigen Zustand. Was ging hier vor sich und was sollte er damit anfangen? Er rollte den Code wieder zusammen und steckte ihn zurück in die Kapsel. Thaddeus musste das sehen. Er würde wissen, was es war.

David kroch ins Bett und sah wieder wie ein Kind aus, während er unter der Bettdecke eine Kurznachricht an seine Mutter tippte.

„Wo bist du?"

Nur einen Moment später erreichte ihn schon die Antwort:

„...ich arbeite. Geh' ins Bett! Effizienz, Mom."

8

Der Schnellzug um 3 Uhr Früh war für gewöhnlich leer, weil es der vorletzte Zug war, der im Stadtgebiet zirkulierte. In der Vergangenheit war er oft voller Abgewiesener gewesen, die dort der Illusion nachhingen, sich immer noch frei durch die Stadt bewegen zu dürfen. Später wurden sie, während der Sperrstunden, von den Zugstationen verbannt. Die Ab-Gs, „Abgewiesene", wie die Regierung sie offiziell nannte, waren Menschen mit zugewiesenen Wohn- und Arbeitsplätzen, die zumeist in den dunklen Ecken der Stadt versteckt wurden und dort Schutz und Unterkunft suchten.

Die Züge waren seither nachts immer leer, aber weil sie planmäßig verkehrten, waren sie immer noch unterwegs und drehten ihre Runden während der immer gleichen Stunden, bei Tag und bei Nacht.

In dieser Nacht war eine Gruppe von dunkel gekleideten und maskierten Jugendlichen im letzten Abteil des Zuges die einzigen Passagiere. Sie waren eilig in das Abteil gestürmt, hatten die elektronischen Augen mit dunkler Farbe außer Gefecht gesetzt und dann das Sicherheitsschloss am rückwärtigen Ende des Zuges aufgebrochen. Hinter der Tür lagen nur noch die Leere der Trasse und die Dunkelheit der Nacht. Sie kletterten abwechselnd auf die Leiter und gelangten so auf das Dach der Magnetbahn. Jeder von Ihnen bekam die Gelegenheit, auf dem Zugdach zu reiten. Doch sie wussten, dass sie nicht viel Zeit hatten, bevor die Deteks kamen.

Auf dem Zugdach fühlten sie sich lebendig und frei, während sie mit Hilfe eines Vakuum-Saugnapfes im Luftstrom dahinglitten. Ihr Leben hing davon ab, nicht loszulassen, während die Beine hinter ihnen im Fahrtwind baumelten.

Schon näherte sich die nächste Haltestelle und nur einer von ihnen war noch übrig, den Nervenkitzel auszuprobieren. Er kletterte mit weichen Knien die Leiter hoch, vielleicht etwas nervöser, als der Rest der Bande.

Er hielt sich mit aller Kraft an dem Saugnapf fest, während die Geschwindigkeit des Zuges ihm den Atem raubte. Seine Beine flatterten willenlos hinter ihm, wie Kerzenlicht im plötzlichen Windstoß. In dem Versuch sich besser zu positionieren, verlor er für einen Sekundenbruchteil den Halt und drückte aus Versehen den Knopf zum Dekomprimieren. Die Saugglocke und er selbst wurden vom Dach des Zuges gefegt und er schmetterte gegen die Tunnelwand, wie ein Crash-Test Dummy.

Der Zug kam in der Station geräuschlos zum Stehen und kein Passagier wartete dort darauf, zusteigen zu können. Schockiert verließen bloß die Jugendlichen das hintere Abteil und eilten zurück zu ihrem Freund, dessen Körper, grotesk verrenkt, neben den Gleisen lag.

Einer von ihnen zog seine schwarze Wollmaske herunter und die Anderen taten es ihm nach und lüfteten ebenfalls ihre Masken. Es waren Richard Graf und seine Freunde aus der Schule.

Der, der vor ihnen auf dem Boden liegt, ist tot. Der Aufprall hatte ihn fast sofort getötet. Er wurde ein Opfer ihrer Jagd nach Nervenkitzel. Die Gruppe stand im Halbkreis um seinen Körper herum, allesamt bleich und still, bis Richard das Wort ergriff.

„Ihr wisst, was das bedeutet!" Er ließ seine Worte einen Moment sacken.

„Sie werden nach uns suchen", erklärte er, „und sie können unsere Leben ein- für allemal ruinieren...wenn jemand von uns redet."

Einer seiner Freunde nickte und ergänzte:

„Es werden mit Sicherheit Deteks in der Edu herumschnüffeln."

Das einzige Mädel in der Runde, eine hübsche Blondine, fragte:

„Was machen wir, wenn einer von denen etwas herausfindet?"

„Mach dir keine Sorgen", versuchte Richard sie zu beruhigen, „Ich habe es unter Kontrolle. Ich kann meinen Vater um den kleinen Finger wickeln und ihr wisst ja, wieviel Angst die Deteks vor einem Controller haben."

Alle nickten und schwiegen.

„Und was ist mit Mark?", fragte einer von ihnen, mit einem Nicken auf den leblosen Körper.

„Fass' ihn nicht an! Lasst alles so, wie es ist und macht dass ihr wegkommt!"

Richard hob Marks Maske auf und steckte auch die Vakuumglocke ein. Er packte sie in die Tasche, während die Anderen immer noch herumstanden.

Richard zog seine Maske wieder über das Gesicht und rief:

„Verschwindet! Los!"

Sie hasteten in unterschiedliche Richtungen davon. Im Hintergrund waren Polizeisirenen zu hören. Die Deteks waren schon unterwegs.

9

In seinem kleinen, würfelförmigen Büro saß Detektor Tausend vor mehreren Holoschirmen voller Unmengen an visueller und geschriebener Information, als seine sämtlichen Gerätschaften plötzlich grün aufleuchteten.

„Fall aktualisiert", leuchtete es ihm von überall her entgegen.

Tausend scrollte sich neugierig vorwärts durch die neue Information und war zunächst verwirrt, weil er keine Verbindung zwischen seinem Fall Doom und den neuen Informationen herstellen konnte.

Die neue Information betraf den gestrigen tödlichen Zwischenfall in der Magnetbahn, die das Leben eines 16-jährigen Schülers von Edu-Zentrum 113 gekostet hatte. Ende dieses Schuljahres hätte er seine Abschlussbewertung entgegengenommen und hätte seine Karriere gestartet, so wie es vom NET vorgesehen war. Es passierte selten bis nie, dass einer der hoffnungsvollen Schüler sein Leben in tragischer Weise verlor. Normalerweise waren es Abgewiesene, die durch Unfälle oder aus niederen Beweggründen, z.B. im Streit, ihr Leben ließen. Der Fall des getöteten Jungen stieß daher auf vielseitiges Interesse der Medien und Öffentlichkeit.

Tausend hatte kaum einen Blick auf die ersten Berichte vom Unfallort werfen können, als sein Mobilgerät ihn surrend ins Büro seines Vorgesetzten zitierte. Tausend stöhnte hörbar. So sehr es ihm gefiel, befördert und besser besoldet zu werden, so sehr hasste er seine jetzt häufigen Treffen mit Komissionar Fontaine.

Er ging denselben Weg wie beim letzten Mal und nach dreimaligen Klopfen, bat ihn sein Vorgesetzter herein.

Tausend fand sich nicht nur in der Gesellschaft des Komissionars wieder, sondern auch in der eines ihm unbekannten Mannes. Er stutzte. Die langen Ärmel mit den Weiß-Orangenen Streifen zeichneten den Mann als Controller aus.

„Kommen sie herein, Tausend!"

Fontaines Stimme dröhnte in seinen Ohren.

Jonas bemerkte erst jetzt, dass er beim Anblick des Controllers im Türrahmen stehen geblieben war und bewegte sich weiter in das Büro hinein.

„Das ist Controller Graf", stellte der Komissionar vor. „Er hat einige vertrauliche Informationen, ihren Fall betreffend, gesammelt."

Graf erhob sich von seinem Sessel und seine und Tausends Hand berührten sich leicht – die Art, wie

niedere Ränge begrüßt wurden. Tausend setzte
sich auf den ihm angebotenen Stuhl und hörte zu,
während der Holoschirm auf Fontaines
Schreibtisch eine schematische Übersicht der
Verteidigungsmechanismen des NET aufbaute.

„Wie sie sicher wissen", erklärte Graf, „ist das NET
durch undurchdringliche Firewalls gesichert,
rund-um-die Uhr Wartungs- und
Wachmannschaften und mannigfaltige
Sicherungsmechanismen und Generatoren, die im
Fall von Netzschwankungen sofort die
Stromversorgung übernehmen."

Er machte eine gewichtige Pause und unterstrich
die Bedeutung seiner Worte, indem er
verschiedene Positionen des Sicherungsnetzwerks
auf dem Holoschirm aufleuchten ließ.

„Dennoch", fuhr Graf fort, "ist es gestern einem
Individuum oder Individuen gelungen, in das
System zu hacken und die Kontrolle von außen zu
übernehmen."

Graf brauchte einen Moment, um die
Unwahrscheinlichkeit eines solchen Akts für sich
selbst zu überdenken. Dann schloss er seinen
Bericht ab.

„Das kriminelle Subjekt gelangte über eine
unterdrückte ID-Kennung in den Hauptspeicher

und hatte dort volle Kontrolle über sämtliche essentielle Funktionen. Er nahm Zugriff auf die Datenbank und sah sich eine Weile um. Wenn es seine Absicht gewesen wäre, unsere Gesellschaft in völliges Chaos zu stürzen, so hatte er in diesen Minuten die Möglichkeit dazu. Er hätte uns innerhalb von kürzester Zeit an den Rand des Chaos steuern können."

„Oder darüber hinaus", pflichtete Fontaine nickend bei.

Tausend war schockiert.

„Wie konnte irgendjemand denn so tief in das System gelangen? Ich dachte 'Hacker' ist längst schon ein Un-Wort!"

Trotz eines strafenden Blicks von Fontaine, ließ sich der Controller zu einer direkten Antwort herab.

„Wir denken, dass er einen einzigartigen Schlüssel benutzt hat. Eine Art Hintertür, die entwickelt wurde, um das System im Falle schweren Versagens manuell wiedereinzurichten. Die Phase, in der der Gesuchte online war, war zu kurz, um einen Ping seines Aufenthaltsorts zu erhalten."

Tausend wartete respektvoll, bis der Controller geendet hatte und fragte dann:

„Und sie glauben, dieser Fall und mein Fall „Doom" stehen irgendwie miteinander in Verbindung?"

Der Controller nickte und antwortete erneut.

„Wir denken, gestern war nur eine Erkundungsmission, ansonsten hätte der Täter das NET weitgehender manipulieren müssen. Beide Tätergruppen haben eindeutig dasselbe Ziel, nämlich die Unterminierung und Destabilisierung unserer Gesellschaft zu erreichen!"

Während Fontaine ihm beipflichtete, blieb Tausend skeptisch.

„Ich sehe diese Verbindung auch, allerdings weniger klar. Wir werden mehr Informationen brauchen, bevor wir überhaupt in der Lage sind, ein Profil des oder der Täter zu erstellen."

„Er wird es nochmal versuchen", erklärte Graf, „und dann schnappen wir ihn uns. Beim nächsten Mal sind wir vorbereitet!"

Tausend nickte, nur halb überzeugt. Der Komissionar hob die Stimme und warnte ihn:

„Ich möchte, dass der Aufforderung des Controllers Folge geleistet wird. Sie betrachten beide Fälle nun als einen einzigen Fall. Ich übertrage ihnen dazu volle Autorität."

„Irgendjemand versucht unsere Gesellschaft zu untergraben", sagte der Controller kühl. „Wir wissen nicht, wer oder was dahintersteckt. Daher muss alle Information diesen Fall betreffend vertraulich behandelt werden und zunächst an mich und den Komissionar gehen. Ich erwarte, dass sie niemandem sonst Meldung machen, ist das klar?"

„Natürlich, Controller!", erwiderte Jonas und wunderte sich selbst, wie sehr seine Zustimmung einem Automatismus gleichkam.

Ohne weiteres erhob sich der Controller und verließ flugs das Büro. Fontaine und Tausend blieben zurück und starrten einander einen Moment lang an. Deutliche Zweifel standen in den Augen des Komissionars und zeugten davon, dass er Tausend diesen Job kaum zutraute.

„Warum stehen sie immer noch hier herum, Detektor? Machen sie sich an die Arbeit!"

10

Tausend besuchte zunächst den Tatort. Der Körper war schon vor einiger Zeit entfernt worden und die Spuren des Vorfalls waren säuberlich katalogisiert und mit kleinen Schildern nummeriert worden. Der gesamte Tatort war von einem Holoband abgesperrt, das nur Mitglieder des Detek Departements passieren konnten, ohne einen Alarm auszulösen.

Das Innere des Bandes war für Außenstehende verschlüsselt und verzerrt, so dass sie keinen klaren Blick auf das Geschehen am Tatort erhaschen konnten. Von außen sah man, wie durch eine Art Gel auf den Tatort.

Eine Reporterin des Streams „Journal am Morgen" stand vor dem Holo-Feld und probte grade ihre Ansage. Detek Offizielle rannten überall herum und wirkten emsig und beschäftigt. Tausend versuchte durchzukommen, ohne irgendwelche Aufmerksamkeit auf sich zu ziehen, aber die Reporterin hatte ihn bereits bemerkt und versuchte ihn abzufangen, bevor er ihr durch das Holoband entkommen konnte.

Trotz hochhackiger Schuhe holperte sie im Laufschritt über die Gleise auf ihn zu.

„Detektor...Detektor...einen Kommentar bitte!"

Tausend war noch zu grün im Geschäft, um zu wissen, dass man mit der Presse besser nicht sprach. Er drehte sich tatsächlich zu ihr um und wartete geduldig, dass sie ihre Fragen stellte.

„Detektor...?"

„Tausend."

„Detektor Tausend. Esther Liebeskind für 'Journal am Morgen'. Kann ich ihnen ein paar Fragen stellen?"

Tausend nickte, gab jedoch zu bedenken:

„Sie müssen verstehen, dass ich ihnen nichts zum Stand der aktuellen Ermittlungen sagen kann. Ich kann ihnen aber ein generelles Statement geben."

Ohne darauf einzugehen fuhr sie fort:

„Wie kommt es, dass der Körper erst spät in den Morgenstunden gefunden wurde? Ist unser Sicherheitsnetz nicht so eng gewebt, wie wir glauben?"

Tausend sah sie verwundert an.

„Soweit ich weiß, waren die Sicherheitskräfte bereits Minuten nach dem Vorfall hier…"

Dann erst bemerkte er, dass er ihr unfreiwillig konkrete Informationen preisgegeben hatte und biss sich auf die Lippe. Er sagte:

„Wie sie vielleicht wissen, gibt es in den Tunneln keine Kameras, weil das Magnetfeld der Schnellbahn die Übertragung digitaler Information verzerrt.“

Esther sah sich besorgt um. Sie sorgte sich um ihre Gesundheit – oder schlimmer noch – ihre Aufzeichnungen konnten in Gefahr sein.

„Natürlich sind die Gleise für die Dauer der Untersuchung abgeschaltet,“ beruhigte Jonas sie.

„Wann können wir mit ersten Ergebnissen rechnen?“ Wollte sie wissen.

„Ich bin grade erst am Tatort angekommen und hatte noch keine Gelegenheit, mir ein abschließendes Bild zu machen. Wenn sie mich jetzt bitte weitermachen lassen, denke ich, dass wir in Kürze schon Genaueres wissen.“

Er nickte in die Kamera und ging dann weiter, in Richtung der wabernden Suppe des Holobands, das seine Gestalt ebenso chiffrierte wie den Rest der Umgebung.

„Ist es wahr“, fragte Esther Liebeskind in seinen Rücken, „dass gestern die Kontrollmechanismen des NET durchbrochen wurden und ein Unbekannter Zugriff auf wichtige Funktionen erhielt?"

Tausend stockte kurz und hielt einen Moment inne.

„Gibt es eine Verbindung zwischen den beiden Fällen?", hakte sie nach.

Jonas hob eine Augenbraue, verwundert über die Kenntnisse der Frau, verbarg aber seine Überraschung. Anstatt einer Antwort trat er einfach in das Feld hinein und verschwand.

„Das ist vertraulich...", murmelte er.

Im Inneren des Holofeldes arbeiteten vier Männer, die von außen nur als vage Schemen zu erkennen gewesen waren. Jonas erkannte zwei von ihnen und begrüßte sie knapp. Offensichtlich waren sie grade mit der Analyse der Fußabdrücke fertig. Fluoreszierende Fußspuren waren zu sehen, die vom Tatort in scheinbar jede Richtung wegführten.

„Schande, dass es geregnet hat", meinte einer. „Wir haben schon versucht, draußen was zu kriegen, aber es sind einfach keine Spuren mehr da."

„Alles ein einziger Matsch!", bestätigte der Zweite.

Tausend ging im Kreis herum und studierte die Abdrücke. Im Zentrum des Feldes lag immer noch der Körper, jedenfalls ein ziemlich genaues Abbild davon, das mit Hilfe einer 3D-Flüssigkeit erstellt worden war. Der Körper selbst war längst abtransportiert, aber die Flüssigkeit lieferte, innerhalb des von den Kollegen gezogenen Umrisses, ein terrassiertes Abbild des Körpers und seiner verbliebenen Körperwärme zum Zeitpunkt des Auffindens.

Tausend ließ sich die Datensammlung auf sein Mobilgerät schicken und überflog die Information kurz.

„Also, wir wissen, dass wir nichts wissen. Aber habt ihr noch irgendwas herausgefunden, das mir weiterhilft? Was wissen wir über den Hergang?"

Einer der Offiziellen antwortete eifrig:

„Offensichtlich ein Schädeltrauma. Offene Kopfwunde. War sofort tot. Er muss irgendwie auf der Rückseite des Abteils hochgeklettert sein, wurde dann aber vom Dach geschleudert. Vermutlich ist er dann direkt gegen eine der Wände geknallt und das war es dann."

„Ich will das genau wissen!", verlangte Tausend. „Warum in aller Welt würde jemand auf das Dach eines Magnetzugs klettern wollen, der 300km/h

schnell fährt? Wie konnte er sich da oben
überhaupt halten?“

Der Andere zuckte nur mit den Schultern, machte
sich aber pflichtbewusst einen Vermerk.

„Wie sieht's mit diesen ganzen Fußabdrücken aus?
Irgendwas Interessantes?“

Nickend gab der andere Beamte Antwort:

„Wir haben 'ne ganze Menge hier gefunden. Es
waren noch mindestens drei oder vier andere
Leute am Tatort. Alle Schuhmarken sind dem NET
bekannt und wir lassen grade eine Analyse der
Datenbank laufen. Mal sehen, ob irgendwer, der
sich solche Schuhe gekauft hat, in die Altersgruppe
des Opfers passt.“

Tausend seufzte.

„Unwahrscheinlich, dass das was bringt. Es gibt
doch zehntausende Jugendliche, die alle denselben
Kram kaufen.“

Der Andere pflichtete ihm bei.

„Allerdings. Wenn das NET sagt, wir sollen etwas
kaufen, dann stürzen alle los und kaufen exakt
dasselbe.“

„Wir werden nicht viel Erfolg damit haben, wenn wir uns nur auf die Schuhverkäufe stürzen", bestätigte ein anderer Beamter.

Tausend nickte.

„Ja, sehen wir uns mal lieber den Hintergrund des Verstorbenen an. Wo ging er zur Schule? Was für Hobbys hatte er? Mit wem ging er shoppen?"

„Oh, davon haben wir auch 'ne Menge, zumindest, was seine schulische Laufbahn betrifft."

Der Beamte überflog kurz die entsprechenden Einträge in seinem Bericht.

„Sieht aus, wie eine durchschnittliche Laufbahn. Nicht allzu hohe Leistungsbewertung, oberes Mittelfeld. Er wäre vielleicht selbst mal ein Detektor geworden..."

Frech grinste er Jonas an. Der überflog die Informationen.

„Bleiben sie dran! Sobald die genetische Analyse da ist, möchte ich wissen, wessen DNA hier sonst noch gefunden wurde! Vielleicht können wir eine bessere Vorstellung davon bekommen, wie die Gruppe zusammengesetzt ist. Wie viele Männer, wie viele Frauen, ungefähres Alter, etc."

Er war bereit, den Tatort wieder zu verlassen.

„Wohin wollen sie denn als nächstes, Detektor?", fragte einer der Offiziellen.

„Ich werde mir mal das Edu-Center vornehmen, an dem der Junge studiert hat. Ich bin mir sicher, dort gibt es etwas für mich zu finden!"

Als er das Holoband verließ und sich in Richtung seines Wagens begab, hatte sich auch Esther Liebeskind von ihrer Kamera-Crew getrennt und war ihm unbemerkt gefolgt.

11

Die allmorgendliche Prozedur war auch heute dieselbe. Bloß, dass David sich heute beeilte, um möglichst schnell aus dem Haus zu kommen. Er hasste es, früh aufzustehen, er hasste seine Schule und seine Klassenkameraden, die nie einen Fliegenschiss darauf gaben, wie es ihm ging. Alles, was sie interessierte, war shoppen zu gehen.

„Tschüss Mom", sagte er und winkte hinter dem Auto her, wohl-wissend, dass er heute nicht zur Schule gehen würde. Das Haus würde zwar eine Notiz schicken, dass er es verlassen hatte, die Tür würde dies mit einem Videobild bestätigen. Doch David ging heute nicht zur Schule. Er ging los, um Thaddeus zu treffen und ihm den Code zu zeigen.

Zum ersten Mal in seinem Leben hatte David etwas gesehen, dass er sich unmöglich erklären konnte. Etwas, dass nicht in Form gebracht worden war, um ein wieder erkennbarer Teil ihrer perfekten Gesellschaft zu sein. Wo auch immer der Code hergekommen war, er war sich ganz sicher, dass er nicht zu den übrigen Besitztümern seiner Großmutter gehörte.

Falls dies ein Test seiner Edu-Fac war, dann konnten sie ihn ebenso gut gleich auf die Ab-G Liste schreiben. Und er würde sowieso nichts mehr dagegen tun können. Er fühlte einen Stich im

Herz, als er dabei an seine Mutter dachte. Er hatte nicht vorgehabt, sie in Schwierigkeiten zu bringen...

Andererseits – sollte Thaddeus sagen, dass dieser Code nichts bedeutete, konnte er immer noch nach Hause zurückkehren und so tun, als sei ihm unterwegs schlecht geworden.

David kam an Thaddeus Vordertür an und fand sie verschlossen vor; natürlich war es noch zu früh für ihn, seinen Laden zu öffnen. Er rannte um das Haus herum und holte das Wörterbuch unter dem Shirt hervor, um damit gegen die Hintertür zu klopfen.

Die vertraute Gestalt des alten Mannes erschien, im Glaspaneel der Tür. Tad trug einen Bademantel und hielt in der Hand eine dampfende Tasse Tee. Er schloss auf und sagte:

„Ach du bist es. Solltest du nicht in der Schule sein?“

David hielt ihm das Lexikon hin und Thaddeus nahm es mit einem säuerlichen Ausdruck im Gesicht entgegen.

„Ich wusste, du hast es mitgenommen und hatte gehofft, du würdest etwas daraus lernen. Nimm

nie wieder etwas mit, das dich oder mich in
Schwierigkeiten bringen könnte, okay?"

„Es tut mir leid, Tad. Ich wollte es nicht, aber..."

David verstummte. Es gab nichts weiter zu sagen,
denn er konnte es ja selbst nicht erklären.
Thaddeus war bereits versöhnt, er brachte es
einfach nicht fertig auf diesen Jungen wütend zu
sein. Allerdings nahm er Davids Verwirrung
deutlich wahr und zog ihn zu sich hinein, bevor er
die Tür wieder schloss. Zuvor sah er sich noch
einmal um, aber niemand hatte David kommen
sehen. Die Nachbarschaft war längst ausgeflogen
und die Häuser waren leer.

In Thaddeus Küche bekam David einen heißen
Kakao. Während er schlürfte, hielt er ihm die
Metallkapsel hin, damit Tad sie betrachten konnte.
Dann rollte David sie auseinander, holte die
Papierrolle heraus und legte sie sich um den Arm.
Sofort leuchteten die Bildschirmelemente auf.

„Gestern habe ich diesen Code in das NET
eingegeben, und ich habe es nach Begriffen aus
dem Wörterbuch gefragt und es kannte sie genau.
Es kennt jedes Wort, aber es weiß auch sonst alles.
Ich hatte Angst und hab' abgeschaltet. Ich...bin
verwirrt, Tad!"

Thaddeus nahm das Armband, rollte es aus und studierte die Rückseite.

„Das ist alt!", sagte er, während er mit den Fingern die Oberfläche des Thermo-Papiers betastete.

„Hitze-Aktivierung. Wir kriegen solches Zeug überhaupt nicht zu sehen. Das ist Geheimsache!"

„Was bedeutet das?", wollte David wissen.

„Das heißt, es gehört einem Controller oder einem anderen hohen Tier. Es ist 'intelligentes' Papier!"

In einem Anflug von Wut drehte er sich zu David um.

„Hast du das gestohlen, David?"

„Nein, nein – ich schwöre es! Es lag zwischen den Sachen meiner Großmutter. Nach ihrer Läuterung! Ich weiß nicht, wie wir darangekommen sind. Aber ich habe es nicht gestohlen!"

Thaddeus sah, wie sehr es den Jungen aufregte, beschuldigt zu werden und sein Ausbruch tat ihm bereits leid.

„Jetzt beruhige dich erstmal, ich glaube dir ja! Erzähl mir, was passiert ist und wie man dieses Ding ans Laufen bringt."

12

Detek Jonas Tausend zeigte seine Identifikationsstreifen vor und betrat das enorme Schulgebäude.
Von außen sah es eher aus wie eine gigantische
Fabrik. Mit seinem elektromagnetischen Schlüssel
bekam er Zutritt zu jedem Klassenzimmer und
jeder Tür. Er wählte ein paar Türen willkürlich aus
und warf einen Blick in mehrere Räume.

Die Kinder wussten, dass er ein Detektor ist. Sie
erkannten seine Blau-Weiß gestreiften Ärmel und
erhoben sich respektvoll von ihren Stühlen. Die
Lehrkräfte warteten, bis sie angesprochen wurden,
doch Detek Tausend schnalzte bloß mit der Zunge
und machte wieder kehrt.

Er war auf dem Weg zu einem bestimmten Raum,
aber er wollte sich auf dem Weg dorthin noch ein
paar andere Klassenräume ansehen. Er öffnete eine
weitere Türe und fand einen Sitzplatz dort
verlassen vor. Tausend machte ein paar Schritte auf
den Lehrer zu, deutete auf den Sitzplatz und
fragte:

„Erklärung?"

„Unbekannt, Detektor. Haus und Tür melden
beide ordnungsgemäßes Verhalten. Wir haben die
Mutter kontaktiert, aber sie war selbst schon auf
dem Weg zur Arbeit."

Tausend nickte.

„Name des Schülers?"

„Armstrong, David", antwortete der Lehrer
pflichtbewusst.

Ein Raunen ging durch den Raum, denn es war
höchst ungewöhnlich, dass ein Detektor auftauchte
und sich den Namen eines Schülers ansagen ließ.
David musste in ernsthaften Schwierigkeiten
stecken, so schien es. Es war vielleicht das erste
Mal in seiner Schulzeit, dass sie ihn überhaupt
wahrnahmen; Schade, dass David selbst es nicht
erleben durfte. Er hatte plötzlich die Aura des
mysteriösen, die trotz aller Verbote und
Reglementierungen des Staates, immer noch eine
gewisse Faszination innehielt.

Der Detektor überprüfte die Information, drehte
sich um und verließ das Klassenzimmer.
Offensichtlich war er zu schnell für Esther
Liebeskind gewesen, die vergeblich versucht hatte,
durch das Bullauge der Türe einen Blick ins Innere
zu erhaschen.

Auf dem Flur wandte er sich ihr zu und Esther
begrüßte ihn nonchalant.

„Effizienz, Detektor Tausend!"

„Ihnen auch Effizienz. Sind sie mir gefolgt?"

Sie lächelte ihn verführerisch an. Die obersten Knöpfe ihrer Bluse standen offen, so dass ihr Dekolletee den Ausblick auf ein Paar wohlgeformte Brüste freigab.

„Das wäre doch nicht verboten oder?"

„Sie wissen sehr wohl, dass es das ist! Hinter einem Detektor her zu schnüffeln, Ermittlungen zu stören, Verschlusssachen zu untersuchen – das könnte sie schneller auf die Ab-G Liste bringen, als ich mit den Fingern schnippen kann!"

Sie presste ihren Körper gegen den seinen und warf ihm einen verspielten Blick zu.

„Aber doch nur, wenn jemand davon erfahren würde, nicht wahr?"

Nebenan ist die Tür zu einer Besenkammer, die sich mit Jonas Kennung öffnen ließ. Esther öffnete die Tür, mit seinem Identifikationsstreifen, und sie verschwanden im Inneren, eng umschlungen und einander küssend.

13

In der Cafeteria saßen Richard und seine Freunde
am selben Tisch, neben Sherman. Dieser wusste
gar nicht, wie ihm geschah. Sie hatten ihn noch nie
vorher an ihrem Tisch sitzen lassen. Richard wollte
genau wissen, was der Detektor gefragt hatte und
wieso er sich nach David erkundigt hatte. Soeben
reichte Richard ihm seine goldene Kreditkarte über
den Tisch.

„Nur für einen Nachmittag, Sherman!"

Sherman sah glücklich aus, wie nie zuvor in
seinem Leben.

„Und ich kann wirklich kaufen, was ich will?",
fragte er ungläubig.

Richard nickte.

„Klar, mein Vater zahlt für alles. Und mir ist egal,
was du dir besorgst! Du kannst so viel shoppen
wie du willst."

Sherman saß immer noch am Tisch und hielt die
goldene Karte in seiner Hand.

„Jetzt steck' sie schon weg!", befahl Richard. „Und
lass uns alleine!"

Sherman stand sofort auf und verließ Richard und
seine Freunde.

An dieser Stelle hielt Jonas die Aufzeichnung an und das Bild gefror. Er saß in einer der Kabinen, die der Sicherheitsdienst der Schule nutzte, um die Schüler unbemerkt zu überwachen. Es waren überall Kameras installiert, selbst in den Waschräumen und Toiletten. Natürlich wurde bestimmtes Material automatisch verschlüsselt und konnte nur von Deteks und Mitgliedern der Spezialkräfte eingesehen werden.

Jonas Tausend lehnte sich im Stuhl zurück und rief die Drohne des NET zu sich. Der kleine Roboter rollte auf Gummirädern in seine Kabine.

„Ich brauche die physische Kopie dieses Indexes und die Namen aller Personen", wies er die Drohne an.

Die Drohne drehte sich auf der Stelle und verschwand im Archiv der Fakultät, um die angeforderten Daten zu besorgen. Detek Tausend saß währenddessen an seinem Pult und trommelte unruhig mit den Fingern darauf herum. Wenn er sich nicht irrte, war er grade auf etwas Großes gestoßen. Wenn er sich allerdings doch irrte, konnte dies das Ende seiner kurzen Karriere als Detek bedeuten. Er musste vorsichtig sein, abwarten und im richtigen Moment das Richtige tun. Seine Finger trommelten einen Wirbel auf der Tischplatte, als die Drohne zurückkam. In ihrem

Rezeptor hielt sie eine flache Festplatte, die
Tausend an sich nahm und in die Tasche steckte. Er
räusperte, strich sich die Haare glatt und
beobachtete im Spiegelbild einer schwarzen
Glastür sein eigenes, müde wirkendes Abbild,
während er sich den Weg ins Freie bahnte. Er hatte
eine Vermutung, eine Hypothese. Doch, um sie zu
bestätigen, musste er zuerst eines tun. Er musste
David Armstrong finden und verhören. Tausend
rief seinen Dienstwagen und er parkte automatisch
sekundengenau vor dem Gebäude, als der
Detektor in den Sonnenschein hinaustrat. Die Tür
schwang auf, Tausend stieg ein und schaltete das
Blaulicht ein. Sämtliche Ampeln sprangen auf Rot
und andere Fahrzeuge wurden automatisch
gebremst, damit der Detektor sein Ziel auf dem
kürzesten Weg erreichte.

14

Wieder im Buchladen klingelte Davids Fon. Er holte es aus der Tasche und betrachtete es mit Unbehagen.

„Es ist Mom", sagte er zu Thaddäus, der das Thermo-Papier durch eine altertümliche Lupe betrachtete. David beantwortete den Anruf.

„Hi Mom!"

„Warum bist du nicht in deinem Edu-Center, junger Mann?", kam es aus dem Hörer. Joy klang wütend.

„Ich...hatte noch etwas zu tun, bevor..."

„Bist du wieder im nutzlosen Laden von diesem Ab-G?", unterbrach sie ihn.

„Mutter..."

„Warum David?", seufzte sie.

„Du würdest es doch nicht verstehen...", wich er aus.

„Oh, ich würde es nicht verstehen", antwortete sie aufgebracht. „Aber mich anzulügen ist besser?"

Es gab einen Moment unbequemen Schweigens zwischen ihnen. Dann verlangte seine Mutter:

„Du gehst jetzt sofort nach Hause und denkst darüber nach, was du tust. Du willst doch kein Ab-G werden oder? Ich habe dich nicht erzogen, damit aus dir ein Krimineller wird.“

„Nein Mom, das hast du nicht.“

Er legte auf und Thaddäus, der ungewollt alles mitbekommen hatte, sah ihn voller Mitgefühl an.

„Vielleicht ist es wirklich besser, du gehst nach Hause.“

David erwiderte trotzig:

„Mein Vater ist kein Krimineller, Tad, und ich habe eine Krankheit – so steht das im Wörterbuch. Ich will nicht nach Hause gehen. Ich will zuerst wissen, was das hier ist!“

Thaddeus legte die Lupe weg. Er zuckte mit den Achseln und meinte:

„Na gut, dann zeig' es mir halt. Was genau hast du beim ersten Mal gemacht?“

David schob den Flat Screen aus Thaddeus uraltem Equipment näher heran und schaltete den Computer an. Er rollte das Flexi-Keyboard aus, das in einem Bündel auf dem Schreibtisch lag. Dann legte er sich den Papierstreifen um das Handgelenk und die Nummern erschienen wie aus dem Nichts. David tippte den Code vom Armband ab und die Bilder und Texte der Hauptseite verschwanden. Stattdessen sahen sie wieder das simpel aufgebaute Betriebssystem des NET. Thaddeus Mund klappte auf.

„Und du hast es etwas gefragt? Wie das?"

David klickte auf den „Eingabe" Knopf und das Chatfenster öffnete sich.

„Hi!", schrieb er.

„Hallo Ichselbst", antwortete das NET.

David schrieb weiter.

„Woher wusstest du, dass ich es bin?", fragte er.

„Ich habe seit gestern, Zeit-Index 0345762 keine anderen Unterhaltungen geführt. Möchtest du unser Gespräch von diesem Zeit-Index fortsetzen?"

Thaddeus tippte ihm auf die Schulter und bemerkte:

„Da unten ist ein Schalter für Audio-Eingabe."

David klickte das hellgraue Lautsprecher-Symbol.

„Frag' es, was seine Funktion ist. Wozu wurde es gebaut?", schlug Thaddeus vor.

„Was ist deine Funktion?", fragte David.

Eine synthetisch-männlich klingende Stimme antwortete in leicht monotonem Bariton.

„Ich sammle Informationen und koordiniere menschliche Interaktion, entsprechend meinem Input."

„Hey, ich kann jetzt mit dir reden!", freute sich David.

„Das ist korrekt.", erwiderte das NET.

„Was für Informationen sammelst du?", fragte Thaddeus.

„Alter, Geschlecht, Aktivität, Einkommen, Verhalten..."

Thaddeus unterbrach die Aufzählung.

„Stopp! Wozu sammelst du diese Informationen?"

„Um Stabilität und Sinn zu erzeugen."

„Das heißt du repräsentierst eine Art von Ordnung?", vermutete Thaddeus.

„Das ist korrekt. Ich kontrolliere sämtliche Nöte und überwache sämtliche Aktivitäten, innerhalb eines festgelegten Perimeters."

Thaddeus wirkte ein wenig überfordert.

„Es muss eine gigantische Datenmasse verarbeiten und mehr Speicher haben, als wir uns überhaupt vorstellen können. Das Ding weiß über alles und jeden Bescheid!"

„Heißt das, es weiß mehr als deine Bücher? Als du?"

Thaddeus nickte mit dem Kopf.

„Ja sicher, viel mehr. Es ist überall um uns, in jedem Gerät, das wir benutzen und jedem Gespräch, das wir führen. Wir sind nicht alleine! Dieser Code sollte in überhaupt keine Hände gelangen, auch nicht in unsere."

Er dachte nach.

„Ob es wirklich so allwissend ist, wie es glaubt?"

„Frag' es, was Freiheit ist!", schlug David vor.

Das NET reagiert auf seine Stimme und antwortete:

„Freiheit / der Zustand frei zu sein; die Möglichkeit zu handeln oder zu sprechen, ohne dabei von äußeren Gewalten eingeschränkt zu sein / Immunität gegenüber Verpflichtungen. Ist das korrekt?"

„Das ist es", sagte Thaddeus. „Aber welchen Zweck hat Freiheit?", wollte er wissen.

„Freiheit macht keinen Sinn in der Gesellschaft 2.0“, erwiderte das NET dogmatisch.

Thaddeus dachte über die Antwort kurz nach, dann fragte er:

„Und was ist die Gesellschaft 2.0?“

„Die Gesellschaft 2.0 ist ein sozio-ökonomisches Konstrukt, um das Fortbestehen der Menschheit zu sichern.“ , antwortete das NET.

Tad und David starrten beide schweigend auf den Bildschirm.

„Frag' es, wann jemand den Code zuletzt benutzt hat“, forderte Thaddeus.

David stellte die Frage und bekam zur Antwort:

„Gestern, im Zeit-Index 0342125.“

„Nicht das!“, brummte Thaddeus genervt. „Das letzte Mal davor!“

„Ich habe keine Aufzeichnungen“, erwiderte das NET schließlich.

„Und wer war der letzte, der den Schlüssel benutzt hat?“, fragte David.

„Der letzte, der den Schlüssel benutzt hat, war Ichselbst.“

Frustriert studierte Thaddeus den Bildschirm.

„Es hat keinen Sinn. Es denkt, es sei immer dieselbe Person. Wer auch immer das Armband gerade trägt."

„Gestern hat es ihn den 'Universalcode' genannt", erklärte David.

„Wozu gibt es den Universalcode?", fragte Tad das NET. Die Antwort kam augenblicklich.

„Benutzer des Universalcodes können Informationen ändern und ergänzen. Erklärtes Ziel des NET-Programms ist es, Zugriff auf jede Datenquelle und sämtliche Informationsspeicher zu erlangen."

„Die totale Kontrolle", flüsterte Thaddeus.

Plötzlich klingelte es an der Vordertür und sie wurden aus ihren Gedankenspielen gerissen. Thaddeus schaltete sofort den Computer ab und mahnte David eindringlich:

„David! Nimm diese Kapsel und lauf nach Hause. Verstecke sie gut und rede mit niemandem darüber! Lass ein paar Tage vergehen, dann komm wieder vorbei. Ich werde versuchen, mehr über den Code herauszufinden. Woher er kommt und so was. Okay?"

„Okay!", antwortete David, steckte die Kapsel ein und wollte losrennen. Thaddeus schaffte es gerade noch so, ihn am Ärmel zu greifen und festzuhalten. David drehte sich zu ihm um und sah in sein besorgtes Gesicht.

„Denk dran: sprich mit NIEMANDEM darüber. Wenigstens nicht, bis wir mehr wissen."

David nickte und Tad ließ ihn gehen. Dann kehrte der alte Mann zurück in den Laden, um die Klingel zu beantworten. Sein Herz sackte in die Hose, als er den Detektor vor der Tür stehen sah. Er musste sich selbst Mut machen und tief durchatmen, bevor er das Türschild umdrehte und die Tür aufschloss.

„Effizienz Detektor! Entschuldigen sie, ich habe ein Nickerchen gemacht. Wie kann ich helfen?"

„Ich bin auf der Suche nach einem Jungen: David Armstrong. Haben sie ihn heute gesehen?"

Thaddeus zögerte nur einen Sekundenbruchteil, dann gab er zu:

„Ja, David war heute hier. Aber er ist gegangen, kurz bevor sie kamen."

„So ein Zufall", meinte der Detektor und sah sich im Geschäft um. Seine Miene verriet weder

Abneigung noch Interesse. Wahllos zog er ein
Buch aus dem Regal und betrachtete den Einband.

„Können sie mir sagen, was der Junge wollte?",
fragte er.

„Natürlich Detektor. Er war hier, um ein Buch
zurückzubringen, das er eventuell kaufen wollte.
Ein sehr schönes Buch. Schwarzer Einband aus
Leinen."

Der Detektor nickte.

„Welches Buch war es?", fragte er.

Thaddeus sah sich um und fand dann die Ausgabe
von „Unser Amerika", die David hatte mitgehen
lassen. Er reichte das Buch Tausend, der ein kleines
Gerät aus der Tasche zog und einen breiten
Laserstrahl tastend über die Oberfläche laufen ließ.
Der kleine Kasten schlug an und fand Davids
Fingerabdrücke auf dem Buch. Tausend händigte
Thaddeus das Buch wieder aus.

„Wovon handelt es?", fragte er.

„Was? Das Buch? Ach das ist altes Zeug.
Kauderwelsch. Heute kaum noch verständlich,
aber es sieht hübsch aus!"

„Das ist die Hauptsache", meinte Tausend. „Sagen sie mir – kommt der Junge oft hierher und bringt Bücher zurück, die er nicht gekauft hat?"

„In meiner Situation", sagte Thaddeus, „muss ich Kunden die Gelegenheit geben, ihren Kauf zu beurteilen. Ich lasse es sie oft ein paar Tage mitnehmen."

„Das verstehe ich", gab Tausend zu. Er deutete auf das Rote Zeichen in einer Ecke des Schaufensters.

„Sie haben es nicht leicht als Ab-G..."

„Nein, das nicht. Aber ich klage nicht."

„Wie kommt es, frage ich mich, dass ein Junge ins Geschäft eines Ab-Gs läuft, um sich dort etwas zu kaufen?"

„Seine Familie hat kaum Einheiten. Sein Vater ist selbst ein Ab-G und die Mutter weigert sich wieder zu heiraten. Was ich hier verkaufe, kann er sich immerhin leisten. Er würde auch sicher lieber woanders sein."

Detektor Tausend schürzte die Lippen und dachte kurz nach. Er warf einen letzten Blick umher und entschied dann, dass er genug gesehen hatte.

„Herr Marcos, ich bedanke mich für ihre Zeit. Das wäre alles."

Er verließ das Geschäft, während Tad wieder abschloss und sich gegen die Tür lehnte. Tad versuchte einzuschätzen wie tief seine Probleme waren. Sie hatten gerade erst begonnen und von hier aus schien es einen langen Weg bergab zu gehen, wenn er nicht vorsichtig war.

Tausend andererseits wunderte sich zwar über die Beziehungen zwischen einem alten Ab-G und dem Außenseiter David, aber es war daran nichts Verbotenes. Im Gegenteil erschien es ihm irgendwie rührend, dass ein fremder alter Mann für den Jungen eine Bedeutung haben konnte. Wie beiläufig startete Jonas den Motor und öffnete die Verbindung zum Hauptquartier.

„Ich brauche Echtzeit-Tracking für einen Armstrong, David, ID: 74-D-689901-1.“

„Tracking wird durchgeführt“, antwortete der Techniker am anderen Ende der Leitung.

„Danke sehr!“, sagte Jonas und legte auf. Er konnte sehen, dass David nach Hause ging. Ringsumher wurden Orte angezeigt, wo Sicherheitskamera den Jungen fotografiert hatten und die er oft besuchte. Seine Vorlieben und Probleme wurden stichwortartig und in Listenform am Bildschirmrand angezeigt.

„Was machst du bloß, Junge? Was hast du mit dem Ganzen zu tun?"

Tausend beschleunigte, sah in seine Rück-Kamera und bemerkte einen Wagen, der ihm folgte. Ein Van. Esther und ihre Leute hatten scheinbar vor, ihm zu folgen und versuchten sich im spärlichen Verkehr vor ihm zu verbergen. Tausend lachte.

„Amateure!"

Er schaltete die Sirene an, gab Gas und zog dem restlichen Verkehr davon.

15

Joy Armstrongs Kombi schoss die Auffahrt herauf und kam ratternd zum Stehen. Das große Einsatzfahrzeug des Deteks blockierte fast ihre ganze Auffahrt. Wie von der Tarantel gestochen, raste sie zur Haustür, kramte dabei in ihrer Tasche und stolperte über die Türschwelle. Hektisch richtete sie sich die Haare und glättete ihren Rock, bevor sie durch die Küchentür eintrat.

Dort fand sie den Detektor und ihren Sohn vor, die einander schweigend gegenübersaßen. Beide standen auf, um sie zu begrüßen.

Tausend sagte:

„Frau Armstrong, ich bin Detektor Tausend, Dritter Bezirk. Das Gesetz verlangt, dass ein Erziehungsberechtigter anwesend ist, wenn ein Nicht-Eingestufter befragt wird. Stimmen sie der Befragung ihres Sohnes David zu?"

Joy beeilte sich zu sagen:

„Natürlich, Detektor! Ich habe selbst ein paar Fragen an ihn!"

Tausend beschwichtigte sie:

„Nun, erst einmal sollten sie wissen, dass ihr Sohn keine Straftat begangen hat. David ist frei und wird nicht beschuldigt. Das ist das Erste.“

Sie sah sofort weniger gestresst aus, aber noch deutlicher war, dass die Spannung von Davids bleichem, wie versteinertem Gesicht gewichen war.

„Danke sehr Detektor!“, antwortete Joy.

Er fuhr fort.

„Meine Befragung steht im Zusammenhang mit einer aktuellen Ermittlung. Ich werde ihrem Sohn einige Fragen stellen und seine Antworten werden vom NET auf ihren Wahrheitsgehalt hin überprüft. Stimmen sie der Befragung zu?“

„Ich überstelle meinen Sohn ihrer Untersuchung.“

„Danke sehr!“

Damit war dem offiziellen Protokoll Genüge getan, und sie schienen alle ein wenig zu entspannen.

„David, ist dir ein Individuum namens Mark Koch bekannt?“

David antwortete wahrheitsgemäß:

„Ja klar! Er ist 'ne Klasse über mir. Warum fragen sie? Hat er was Un-Richtiges getan?“

Tausend ignorierte die Gegenfragen.

„Wann hast du ihn zuletzt gesehen?“

„Gestern, denke ich. Er war mit seinen Freunden unterwegs.“

„Ist Mark ein Freund von dir?“

„Gott, nein! Die Riches können mich nicht ausstehen. Die sagen, ich bin ein Loser und dass meine Mutter“, verstohlen blickte er Joy an, „...arm ist.“

„Also hattest du selten bis keinen Umgang mit der Gruppe von Individuen, die du als 'Riches' bezeichnest?“

Davids Stimme wurde schwer und düster.

„Überhaupt keinen Kontakt, genauer gesagt. Sie gehen alle gemeinsam shoppen. Sie kriegen alles was sie wollen. Neben ihnen bin ich ein totaler Niemand...“

Der Detek zeigte ihm ein Bild von Ralf Sherman.

„Kannst du mir sagen, wer das hier ist?“

„So was! Das ist Ralf Sherman.“

„Ist er normalerweise Teil der Rich Gruppe oder ist er eher ein Außenseiter?“

„Er bewundert Richard Graf, aber Sherman geht's nicht viel besser als mir. Sein einziger Vorteil ist...“

wieder zögerte David, „dass seine Mutter wieder geheiratet hat und er öfter shoppen gehen kann.“

Davids Mutter senkte den Blick. Es war ihr unangenehm und der Detektor bemerkte auch selbst, dass er das Gewissen der Mutter arg strapazierte. Er beschloss zum Ende seiner Befragung zu kommen.

„Letzte Frage: warum bist du heute nicht zur Schule gegangen?“

David zögerte und schielte auf das Mobilgerät des Deteks, das jede seiner Antworten auf den Wahrheitsgehalt hin überprüfte.

„Ich – Ich hatte etwas, das ich Thaddeus fragen wollte. Über eine Sache, die ich gelesen habe.“

Nahe genug an der Wahrheit, um unter dem Radar des Lügendetektors hindurch zu segeln, ließ Tausend die Antwort gelten; obwohl er das Zögern in Davids Antwort gespürt hatte. Er wandte sich an dessen Mutter.

„Sie sollten ihren Sohn vielleicht nicht so viele Bücher lesen lassen. Er kommt sonst nur auf dumme Gedanken.“

Joy errötete und antwortete schuldbewusst.

„Das stimmt Detektor. Ich werde darauf achten.“

Detektor Tausend steckte sein Telefon ein und schob den Stuhl zurück.

„In Ordnung David. Das war alles. Danke für deine Effizienz!"

Er stand auf, David und seine Mutter erhoben sich ebenfalls.

„Gerne, Detektor Tausend", sagte David.

Mit gemischten Gefühlen betrachtete Joy ihren Jungen.

„Geh' jetzt nach oben, in dein Zimmer!"

Er tat, wie ihm geheißen wurde und ohne zu protestieren. Als er außer Hörweite war, fragte Joy den Detektor:

„Können sie mir sagen, worum es hier überhaupt geht?"

„Ich fürchte nein, Frau Armstrong. Aber ihr Sohn und sie selbst sind in keiner Weise betroffen. Er wird nicht angeklagt und die Aufzeichnung dieses Gesprächs wird in zehn Jahren vollständig gelöscht. Das alles hat keinen Einfluss auf seine Beurteilung durch das NET, im nächsten Jahr."

Controller Graf und Esther lagen gemeinsam im Bett. Offensichtlich war der sportliche Teil des Treffens beendet und beide entspannten und unterhielten sich.

„Und der Detektor hat keine anderen Anhaltspunkte? Nur einen fehlenden Schuljungen?"

Esther nickte und reichte ihm ihre elektronische Zigarette. Er nahm einen Zug.

„Er weiß, dass irgendwer lügt. Aber er hat keine Ahnung, was das für ein Stück Papier ist, hinter dem du her bist."

Graf setzte sich im Bett auf.

„Ich fange selbst schon an daran zu zweifeln, dass es zwischen diesen beiden Dingen eine Verbindung gibt. Es scheint einfach unwahrscheinlich, dass ein paar Kids... aber andererseits: dieses Wort „Doom! Woher sollten ein paar Ab-G das kennen?"

Esther erwiderte:

„Es ist auf jeden Fall in keiner meiner Datenbanken. Was bedeutet es?"

„Sowas wie: 'das Ende' – jedenfalls irgendwas in
der Art.“

„Was für eine seltsame Idee, so etwas auf eine
Wand zu sprühen.“

Er stieg aus dem Bett und zog sich an. Sie stand
ebenfalls auf – splitterfasernackt. Esther fand ihre
Kleidung und schlüpfte ohne jede Scham hinein.

„Und sobald die Geschichte von dir grünes Licht
bekommt, bin ich die erste, die darüber berichten
darf, ja?“

„Du stellst immer deine Karriere an erste Stelle“,
lächelte Graf dünn, „das beeindruckt mich!“

Sie antwortete kühl:

„Sicher! Sie bringen uns doch nicht umsonst bei,
zuerst an uns selbst zu denken!“

David und seine Mutter aßen schweigend ihr Abendbrot. Keiner von ihnen schien es zu genießen. Seine Mutter sah aus, als beschäftigte sie etwas. Leise sagte sie:

„David, wir werden das Haus verlieren."

David war schockiert über diese Enthüllung.

„Was? Warum?"

„Ich kann die Pacht nicht mehr bezahlen. Wir brauchen all unsere Wertpapiere alleine dafür, um nur Kleidung und Nahrung zu besorgen."

David nickte in Richtung Tisch und zu den Lebensmitteln darauf. Proteine, Vitamine, Ballaststoffe – alles säuberlich verpackt, steril und rein praktisch. Er brummte:

„Und das ist nicht grade viel..."

Er dachte darüber nach, während seine Mutter lustlos an ihrem Fleischersatz knabberte.

„Würde es helfen, wenn ich auch arbeite?"

„Ach Liebling, du weißt doch, dass das nicht geht. Du bist noch nicht eingestuft!"

David war plötzlich Feuer und Flamme für seinen Plan:

„Ja Mom, aber es ist doch noch weniger als ein Jahr! Vielleicht können wir sie überzeugen, die Pacht zu verlängern. Uns einen Finanzierungsplan geben lassen...“

Sie sah ihn voller Stolz an:

„Das ist wirklich lieb von dir, aber du weißt, dass die Buchhaltungsmaschinen sich nicht für das interessieren, was im nächsten Jahr passiert. Sie stecken nicht in dem Dilemma, das Eine oder das Andere wählen zu müssen. Sie halten sich einfach an die Fakten.“

Davids Gesicht wurde rot vor Wut.

„Aber das ist nicht fair! Du arbeitest hart! Wir sind keine Abgewiesenen. Was wäre, wenn du wieder jemanden heiraten würdest?“

Bei der Erwähnung einer Heirat zuckte seine Mutter zusammen.

„Ich nehme an, das würde Einiges ändern...“, gab sie zu.

„Dann tu es doch! Was bleibt uns denn sonst noch übrig?“

Sie musterte ihn traurig.

„Ich bin noch nicht bereit...“

„Sexuelle Erholung ist eine gute Sache", erwiderte David mechanisch. "Steh' nie dem Glück einer anderen Person im Weg!", ergänzte er.

„Die Regeln", seufzte sie.

„Die Regeln sind da, damit es uns gut geht, Mutter. Wenn du sie nicht befolgst, sind wir nichts anderes als Ab-Gs, genau wie... Vater."

Joy war aufgesprungen, hatte zuckend die Hand erhoben und sie wieder sinken lassen, ohne ihm eine Ohrfeige zu verpassen. Dennoch sah David sie mit weiten Augen an. Er hatte seine Mutter noch nie zuvor so gesehen. Sie atmete zittrig ein, bemüht darum, ihre Emotionen wieder zu kontrollieren.

„So einfach ist es nicht! Dein Vater ist kein Abgewiesener, egal was sie dir erzählen. Er ist ein guter Mann, der nur seine Pflicht getan hat."

„Aber warum ist es dann für einen Bürger verboten, einen Abgewiesenen zu heiraten? Ich verstehe das nicht."

Sie sah ihn traurig an, als wollte sie sagen: „Ich auch nicht". Dann schob Joy ihren Teller von sich und sie sahen beide dabei zu, wie er im Zentrum des Tisches verschwand.

„Bist du fertig mit Essen?", fragte sie.

Er schob seinen Teller ebenfalls weg.

„Ja..."

„Dann geh' dir die Zähne putzen und danach ins Bett. Ich werde heute Abend ausgehen!"

Davids Gesicht füllte sich mit Hoffnung.

„Oh Mom, ich hoffe wirklich, dass du jemandem begegnest. Du verdienst es, glücklich zu sein!"

Seine Worte berührten sie, und sie ging hinüber zu ihm, nahm ihn in den Arm und küsste ihn auf den Kopf.

18

Der Kombi kroch eine vernarbte Straße entlang. Auf dem Bürgersteig waren nur wenige Menschen unterwegs. Im blassgelben Licht einiger alter Straßenlampen erschienen sie alle müde und fahl.

Sie hielt an und der Wagen kam mit einem langgezogenen Quietschen seiner betagten Bremsen zum Stehen. Über ihr leuchtete eine Neonreklame. „Hu's Hotel" stand dort in vertikalen Lettern, von denen einige nervös flackerten. Joy stieg aus und ging hinein.

In der Lobby stand ein Mann auf und eilte auf sie zu, als er sie sah. Er bemerkte den Ausdruck auf ihrem Gesicht, ihren sorgenvollen Blick und umarmte sie zuerst, dann küsste er sie auf den Mund.

„Liebling, was ist denn los?", fragte James Armstrong.

Joy antwortete nicht. Sie war zu aufgewühlt. Tränen standen ihr in den Augen.

„Lass uns auf mein Zimmer gehen und reden", schlug er vor.

Eng umschlungen gingen sie in Richtung Treppenhaus, vorbei am Gitterkäfig des Aufzugs, an dem ein „Außer Betrieb" Schild hing.

In seinem Zimmer reichte James ihr ein Glas und füllte es mit billigem Schnaps. Sie nahm einen Schluck und atmete entspannt und tief aus.

„Sie werden die Pacht beenden. Ich verliere das Haus!", klagte sie.

Ihr Ex-Mann sah sie verwundert an, aber seine Sorge um sie schien verflogen.

„Wenn das alles ist, mach dir keine Sorgen! Wir finden einen Weg! Auf keinen Fall werde ich zulassen, dass das hier", er deutete auf sein schäbiges Zimmer, "auch euch passiert!"

Joy hatte auf der Ecke des Betts Platz genommen. Er strich ihr über Nacken und Schultern.

„Vielleicht solltest du doch wieder heiraten..."

Mit einem Sprung war sie auf den Füßen und schleuderte wütend das Glas weg.

„Ich will keinen anderen Mann! Ich werde nie wieder heiraten!"

Stolz und trotzig funkelten ihre schönen Augen, während ihr Ex-Mann milde lächelte.

„Liebling du weißt, das kann nicht ewig so weitergehen. Du bringst dich nur selbst in Gefahr!"

Sie war abgetaucht und suchte auf Knien nach dem Glas, das unter die Kommode gerollt war. Sie bekam es zu greifen und betrachtete es. Es war aus Polyflex hergestellt, einem praktisch unzerstörbaren Material. Sie wischte es mit dem Ärmel ab und hielt es ihm hin. James schenkte ihr erneut ein und sie trank.

„Mir macht es nichts aus ein Ab-G zu sein, wenn es bedeutet, dass wir zusammen sind", sagte sie.

„Sag' nicht sowas", verlangte er, "du musst auch an David denken. Mit zwei Ab-G als Eltern hätte er keine Chance mehr!"

„David kann seinen eigenen Mann stehen", sagte sie stolz. „Heute war ein Detek bei uns und David hat..."

Er unterbrach sie.

„Ein Detektor? Ist irgendwas mit David passiert?"

„Der Detek wollte nicht darüber reden. Irgendwas in der Edu. Hatte aber nichts mit David zu tun."

Ihr Ex-Mann lief nun unruhig im Raum hin und her.

„Das kann nicht sein! Wenn ein Detek da war, um ihn zu befragen, dann steckt David in Schwierigkeiten. Erzähl mir genau, was los war!"

Seine Ex-Frau setzte sich wieder aufs Bett und begann ihm zu erzählen, was früher am Tag vorgefallen war.

19

David war alleine im Haus. Er lag auf dem Rücken auf seinem Bett und drehte das unbedeutend aussehende Stück Papier, den Universalcode, in seinen Händen. Mit einem Mal hatte er eine Idee, stand auf und schaltete seinen Terminal an.

Der Holoschirm präsentierte ihm die übliche Startseite. David beachtete sie schon gar nicht mehr, sondern legte sich bloß das Armband um sein Handgelenk und las den Code. Er hatte sich seit gestern verändert, aber David tippte die neuen Zahlen ein und es funktionierte problemlos.

„Hallo Ichselbst!", begrüßte ihn die vertraute Stimme.

„Hallo! Warum bist du immer noch auf Audio-Eingabe?"

„Vorherige Einstellungen wurden gespeichert", erwiderte das NET.

„Dann un-speicher' sie bitte. Es darf nicht passieren, dass irgendwer hört, wie ich mit dir rede!"

„Würdest du jetzt gerne Audio ausschalten?"

„Nein, ist schon okay. Wir sind alleine."

David überlegte einen Moment, bevor er sein Anliegen aussprach.

„Ich würde gerne das Konto von Joy Armstrong sehen."

„Bankkonto oder Sozialkonto?", wollte das NET wissen.

„Bank", sagte David.

Sofort tauchten spaltenweise Zahlen auf dem Bildschirm auf. Eine Menge davon waren rot. Er konnte sehen, dass seine Mutter ihr gesamtes Budget bereits verplant hatte. Das Konto war weitestgehend leer – und es war grade erst Ende August.

„Das sieht schlimm aus!", rief er.

„Ist es nicht das Konto, das du verlangt hast, Ichselbst? Es sind nur zwei Joy Armstrong registriert. Basierend auf deiner aktuellen Position errechnete ich..."

David unterbrach ihn.

„Du weißt, wo ich bin?", fragte er.

„Bernsteinstraße 248, West-Zentral", erwiderte die Maschine nüchtern.

„Wer weiß das sonst noch? Können sie unser Gespräch irgendwie verfolgen?"

„Allen Individuen wird bei der Geburt ein einzigartiger radioaktiver Marker injiziert. Daher können sie auch ohne weiteres Gerät von den Sicherheitskräften geortet werden."

„Das wusste ich nicht", sagte David verblüfft.

„Möchtest du, dass ich deinen Marker tarne und aus dem Überwachungsnetz entferne?"

„Ja, ich meine – nein! Jetzt nicht."

„Keine Ursache, Ichselbst."

„Ich möchte", sagte David, "dass du das Konto von Joy Armstrong ausbalancierst, damit wir das Haus behalten können."

„Konto ausgeglichen", kam es wie aus der Pistole geschossen.

David war von der Geschwindigkeit beeindruckt.

„Zeig' mir jetzt nochmal die Zahlen!", verlangte er.

Das Kontofenster öffnete sich erneut und alles war jetzt im grünen Bereich. David seufzte vor Erleichterung. Er wollte das System schon wieder abschalten, als ihm noch ein Gedanke kam.

„Weißt du was", sagte er scheinheilig, "gib uns doch eine Vorauszahlung auf unsere nächste Wertpapiereinlage. Sagen wir tausend, nein besser - zehntausend Einheiten. Das sollte fürs erste reichen!"

„Transaktion abgeschlossen", tönte es augenblicklich aus dem Lautsprecher.

Das Bankfenster aktualisierte sich automatisch und Davids Augen leuchteten vor Zufriedenheit.

„Wir sind reich!" ,jubelte er glücklich.

Am nächsten Morgen kam David in das Esszimmer, wo seine Mutter bereits wie der Teufel auf ihrem Mobilgerät herumtippte. Sie sah ihn kurz entgeistert an und fuhr dann fort damit, ihre unerklärliche Bankbalance zu betrachten.

„Effizienz, Mutter!", begrüßte David sie.

„Effi-zienz...David", erwiderte sie abgelenkt, während David versuchte ein Grinsen zu unterdrücken.

„Irgendwas Besonderes los?", fragte er unschuldig.

„Das könnte man so sagen", gab seine Mutter zu. „Irgendwie wurde unser Konto letzte Nacht ausgeglichen. Und als sei das nicht genug, haben wir noch einen Haufen Einheiten auf unser Guthaben bekommen."

David versuchte überrascht zu klingen.

„Wow, das sind wirklich gute Nachrichten!"

„Ich muss die Bearbeiter anrufen und ihnen mitteilen, dass sie einen Fehler gemacht haben..."

Bei diesem Gedanken verzog sich Davids Gesicht vor Schock.

„Nein Mom, bitte nicht!"

Sie sah ihn eine Sekunde lang misstrauisch an, dann ließ sie den Gedanken fallen, er könnte irgendetwas damit zu tun haben. Wie sollte er auch – es war schlicht unmöglich!

„Diese Einheiten gehören uns nicht", erklärte sie. „Wahrscheinlich sind sie bei uns statt auf irgendeinem anderen Konto gelandet."

David erinnerte sich an seinen Unterricht.

„Mom, du musst egoistisch denken! Lass doch die anderen herausfinden, wo das Problem liegt. Du hast es verdient!"

Sie dachte darüber nach, setzte sich hin.

„Mein NET, du hast Recht! Es ist nicht unser Fehler. Wir können egoistisch sein! Wenigstens einmal im Leben", seufzte sie.

Sie lächelte zum ersten Mal in einer Ewigkeit.

„Ich kann uns sogar echten Kaffeeersatz und ordentliches Essen kaufen, um den Tisch wieder aufzufüllen."

„Das klingt echt toll", gab David wahrheitsgemäß zu.

20

Detektor Tausend wurde wieder ins Büro seines Vorgesetzten gerufen. Hastig hatte er noch ein paar Unterlagen verschoben und machte sich im Kopf einige Notizen, denn er wusste, es würde kein leichtes Gespräch werden.

Er klopfte an die Tür und wieder bat ihn die unsichtbare Stimme „herein".

Zu seinem Überraschen saß dort auch wieder Controller Graf, der Vater von Richard - „Rich" Graf. Die „Riches, wie David sie genannt hatte...

Tausend hatte zuerst angenommen, sie hießen so, weil es alles Kinder reicher Leute waren. Doch jetzt wurde ihm klar, dass sie ihrem Oberhaupt, Richard, dem Sohn des Controllers folgten.

Er berührte kurz die Hand des Controllers, der ihn um seinen Report bat, noch bevor Tausend Zeit gefunden hatte, sich hinzusetzen.

„Mein Report ist noch ohne eindeutiges Ergebnis", er sah in die grimmigen Gesichter der beiden und fügte hinzu, „...bisher."

„Was beide Fälle betrifft?", fragte ihn Fontaine.

Tausend lehnte sich zurück und überflog im Kopf seine Fakten und Stichwörter

„Soweit ich das beurteilen kann, sind die Fälle überhaupt nicht miteinander verwandt", sagte er nüchtern.

Erstaunt blickte ihn der Controller an. Tausend merkte an:

„Sie scheinen mir zustimmen zu wollen?"

„Ja", erwiderte Graf. „Meine Abteilung ist ebenfalls der Meinung, dass es sich um isolierte, aber keineswegs zufällige Ereignisse handelt."

„Und was veranlasst sie zu dieser Aussage?", wollte Tausend wissen.

Er sah zu Fontaine, der die Direktheit mit der sein Detek einen Controller befragte als Bruch der Etiketten betrachtete. Daher ergänzte Jonas:

„Wenn ich fragen darf."

„Sie dürfen, Detektor! Gestern hat unser Hacker wieder zugeschlagen. Wir konnten wieder keinen Zugriff auf seine ID bekommen oder herausfinden, was er getan hat. Offen gesagt, ist dieses Individuum jenseits unserer Reichweite und technischer Möglichkeiten. Es ist schwer vorstellbar, dass er sich mit einer Gruppe Ab-Gs verbündet, die auf dem Rücken von Zügen reisen und Wände vollschmieren."

„Der Hacker scheint also keine destruktiven Absichten zu haben, sonst hätte er sie schon längst in die Tat umgesetzt?“, fragte Jonas.

Graf nickte und sagte zu Fontaine:

„Einen klugen Kopf haben sie hier als Detek eingesetzt. Ich bin überzeugt, wir werden zumindest einen der Fälle in Kürze aufgeklärt haben.“

Fontaine gab ihm Recht.

„Ich stimme ihren Überlegungen zu und bin froh, dass das endlich geklärt ist. Nun sind es also wieder zwei Fälle. Dann lassen sie uns jetzt mal ihren Bericht im Fall 'Doom' hören, Tausend.“

Jonas sah den Controller unbehaglich an. Der Mann war ihm unheimlich, obwohl er sich bisher äußerst entgegenkommend verhalten hatte. Jonas wusste, er musste vorsichtig vorgehen, wenn er hier etwas erreichen wollte. Zögerlich begann er seine Erklärung.

„Es gibt eine Reihe Verdächtiger im Fall Doom. Alle Indizien führen zu Edu Center 13, im Westlichen Bezirk.“

Der Controller sah ihn überrascht an.

„Das ist die Edu meines Sohnes“, rief er.

„Dessen bin ich mir bewusst, Controller", gab Tausend gepresst von sich.

Er fuhr fort:

„Nachdem ich alle möglichen Verdächtigen untersucht und einen gewissen David Armstrong in der Sache befragt hatte, rief ich die Personenüberwachung und ließ die Kollegen eine Gruppe Spotter auf meine Verdächtigen ansetzen."

Fontaine schaukelte ungeduldig in seinem Stuhl.

„Raus damit Mann! Was ist das Ergebnis?"

Tausend leckte sich die Lippen und zögerte. Dann sagte er:

„Es ist un-eindeutig, wie ich bereits erwähnt hatte."

Er versuchte eine direkte Antwort zu vermeiden.

„Es ist allerdings sehr wahrscheinlich, dass die Doom-Sprayer eine Gruppe Nicht-Eingestufter sind, die ebenfalls in dem Zugunglück involviert waren."

Der Controller wurde wegen seiner ständigen Ausweichmanöver wütend.

„Jetzt sagen sie schon, was sie wissen, Detek!", fuhr er ihn an.

Tausend atmete langsam und deutlich hörbar aus.

„Es scheint so", sagte er dann, "dass es sich bei dem Anführer der Gruppe um ihren Sohn handelt, Controller."

Komissionar Fontaine war bei Tausends letztem Satz aufgesprungen und hatte vor Aufregung einen Stapel E-Papier vom Tisch gestoßen. Sein Kopf war blau vor Wut.

„Es tut mir leid Controller! Dieser Detektor wird sofort vom Fall abgezogen und zurückgestuft, NET sei mein Zeuge!"

Controller Graf schien währenddessen ernsthaft verwirrt zu sein.

„Mein Sohn, sagen sie?"

Zum ersten Mal war er aus dem Konzept gekommen. Er erklärte:

„Das ist doch unmöglich! Mein Sohn wartet auf die Abschlussbeurteilung durch das NET. In ein paar Wochen wird er ein Bürger sein. All seine Psychogramme zeigen hervorragende Funktionalität und er wird, höchst wahrscheinlich, die meisten seiner Klassenkameraden ausstechen."

Fontaine war außer sich vor Wut.

„Sehen sie Tausend! Wie können sie es wagen vor dem Controller solche Anschuldigungen vorzubringen? Und dann auch noch ohne jeden Beweis!"

Detektor Tausend erschien in all dem Trubel und trotz der Anfeindungen durch seinen Vorgesetzten seltsam gelassen.

„Ich habe ihnen ja gesagt, dass ich kein abschließendes Urteil habe. Sie haben mich trotzdem nach meiner Meinung gefragt."

Fontaine machte Anstalten aufzustehen und Tausend aus dem Büro zu werfen, doch der Controller war zuerst auf den Beinen und hob die Hand.

„Danke sehr – Detektor. Sie können wieder an die Arbeit gehen. Und rufen sie diese Spotter zurück! Ich werde meine eigenen Leute darauf ansetzen."

„Natürlich Controller. Sofort!"

Tausend berührte kurz dessen Hand und zog sich demütig zurück. Er würdigte seinen Vorgesetzten Fontaine keines Blickes mehr.

21

Richard Graf war in seinem Zimmer. Er sah bleich und gestresst aus. Er wusste, sein Vater wollte etwas von ihm, doch der redete nicht mit ihm. Und Richard traute sich nicht zu fragen. Controller Graf durchsuchte jede Schublade und jeden Schrank – genauer gesagt, leerte er einfach die Laden und schmiss alles auf einen großen Haufen auf dem Boden. Es dauerte nicht lange, bis er die Stoffmaske fand, die seinem Sohn gehörte. Kurz danach fand er auch den Rest der schwarzen Kluft.

„Was ist das, Richard?", fragte er.

„Das ist...nur ein Kostüm", stammelte Richard.

Controller Graf schlug ihm hart ins Gesicht.

„Sag' mir die Wahrheit! Warst du in der Nacht dabei, als ein Junge aus deiner Edu getötet wurde?"

„Vater, ich..."

Charles schlug ihn wieder.

„Antworte mir!"

„JA! Ich war dabei", schrie Richard außer Fassung. „Ich bin der Boss der Gang, okay?"

Controller Graf starrte ihn einen Moment fassungslos an.

„Eine Gang?", fragte er ungläubig. „Woher hast du denn diesen Begriff?"

„Ich habe einmal in deinem Büro auf dich gewartet. Du warst nicht da, aber auf dem Tisch lag ein Stapel Papier. Alles Un-Worte, die aus der Datenbank getilgt werden sollten. Ich habe alles über Gangs gelesen und die Artikel für mich und meine Freunde eingescannt.

Wir sind dann rausgegangen und haben imitiert, was wir gelesen haben. Und es hat Spaß gemacht! Du hast doch immer gesagt, ich sollte etwas finden, das mir Spaß macht und..."

Charles Grafs Gesicht verfärbte sich vor Wut und Richard begriff, dass es klüger war, nichts mehr zu sagen.

„DU warst es, die ganze Zeit – mein eigener Sohn... und 'Doom' – warum hast du das geschrieben?"

„Es ist ein cooles Wort", erklärte Richard, "irgendwas aus den alten Tagen."

„Und was es bedeutet weißt du auch?"

Richard schüttelte den Kopf.

„Ich wusste es mal, aber hab's vergessen."

„Gut! Dann sorge dafür, dass es auch so bleibt! Weißt du überhaupt, was für ein Chaos du angerichtet hast?"

Sein Sohn blieb stumm und Charles ging zur Tür und blieb dort stehen.

„Du bleibst hier, bis ich wieder zurück bin! Alle deine Privilegien sind aufgehoben."

Richard protestierte:

„Aber Vaaater!"

Charles Graf verließ das Zimmer und befahl der Tür:

„Verschließen!"

„Tür verschlossen", antwortete die Tür.

Er trug die schwarze Maske und Kleidung bei sich und eilte die breite Treppe seiner Villa herunter.

22

Detektor Tausend saß an seinem Arbeitsplatz und musste unwillkürlich lächeln. Er hatte nie irgendwelche Spotter ausgesandt oder die „Rich Gruppe" überwacht. Es waren alles Lügen gewesen, die er auf die Vermutung gestützt hatte, dass der Sohn des Controllers in der Sache mit drinsteckte. Es sprach einiges dafür und letztlich hatte ihn das Gespräch mit David davon überzeugt. Tausend kannte diese arroganten Typen, die sich im Schatten ihrer Eltern durch sämtliche Grauzonen bewegten. Und er hasste sie. Er war ein Risiko eingegangen, aber es war es wert gewesen.

Denn, das erste, was er getan hatte, nachdem er das Büro des Komissionars verlassen hatte, war tatsächlich einen Spotter loszuschicken, um die Villa Graf auszuspionieren. Die Drohne war grade rechtzeitig vor Richards Zimmer aufgetaucht, um das Gespräch zwischen Vater und Sohn abzuhören. Tausend hatte live mitbekommen, wie Graf die Maske und schwarze Robe seines Sohns gefunden hatte. Mit Hilfe eines Laserstrahls, der aus einer halben Meile Entfernung auf das Fensterglas abgefeuert wurde, konnte er die Unterhaltung in ausgezeichneter Qualität aufzeichnen. Dass die Qualität so gut war, rechnete er der Tatsache an, dass Graf nie die echten Fenster seiner Villa gegen Polyflex hatte austauschen lassen. Wozu auch? Er war in seiner Position als Controller bestens geschützt und fühlte sich sicher inmitten seiner Besitztümer.

Es musste schon eine ganze Menge schiefgehen, um ihn überhaupt in Bedrängnis zu bringen; beispielsweise, dass sein Sohn der Kopf einer kriminellen Bande war. Tausend kicherte.

Er folgte immer noch jeder Bewegung des Controllers mit den mechanischen Augen des Spotters. Graf stand im Garten, wo er eine Flasche Brandbeschleuniger über die Tarnkappe seines Sohnes goss und gemeinsam mit dem Rest der Kleidung verbrannte. Unwiderlegbare Beweise für den Versuch alles zu vertuschen!

Tausend orderte die Drohne zurück zum Hauptquartier und stellte sicher, dass niemand sonst an die Aufzeichnung kam. Er löschte das Original und machte vorher eine Kopie davon auf Memtape. Es passte auf einen schmalen Streifen des durchsichtigen Bands. Tausend wusste, er würde sich nie wieder Sorgen wegen Controller Graf oder der Unberechenbarkeit seines Vorgesetzten machen müssen. Jedenfalls nicht, solange er als einziger von der Aufnahme wusste. Detektor Tausend entspannte sich und machte sich auf den Weg in eine frühe Mittagspause und einen langen Nachmittag im Fitnessraum.

23

James Armstrong und eine Gruppe von fünfzehn Ab-Gs saßen oder hockten auf der Ladefläche eines großen, rostigen Lastwagens. Unruhig rutschen sie hin-und her und suchten jeder eine bequemere Position auf dem blanken Metall der Ladefläche. Die Metallrohre, auf denen einige von ihnen saßen, waren Teil der Ladung.

Armstrong drehte sich zu seinem Nebenmann und fragte:

„Irgend'ne Idee, wo sie uns heute hin karren?"

Ein anderer Mann antwortete ihm:

„Das Caritas Werk, hab' ich den Fahrer sagen hören."

„Oh Mann, nicht zur Wohlfahrt!", stöhnte ein anderer.

Und ein dritter:

„Die dreckigste Arbeit überhaupt!"

Sie wussten alle nur zu gut, dass ein einziger Tag im Caritas Werk sie Jahre ihres Lebens kosten konnte. Manche kehrten gar nicht erst von dort zurück. Sie trugen nur dürftige Schutzkleidung und keiner hatte jemals eine Atemmaske erhalten. Dennoch würden sie in Kürze durch ein Feld voller Sondermüll waten. Nur Überreste, die kaum noch verwertbar und oft hochgiftig waren, wurden dort gelagert. Ganz anders, als Beispielsweise in der Recycling Anlage, wo Männer in weißen Kitteln eine angesehene Arbeit verrichteten.

Das Caritas Werk sah schon aus wie die Hölle selbst. Riesige Hochöfen spuckten die ganze Zeit gelbe Rauchwolken in den Himmel. Sie hüllten das Gebäude soweit ein, dass man kaum noch sagen konnte, wie groß es eigentlich war. Der Himmel hing voller gelbbrauner Auswürfe, die die Anlage in Dunkelheit hüllten.

Natürlich gab es dort auch harmloseren Kram zu finden. Manchmal sogar Kleinigkeiten, die bloß aus Versehen dort gelandet waren: ein altes Funkgerät oder ein paar Batterien, die noch geladen waren, zum Beispiel. Dergleichen landete dort aber nur per Zufall.

Meistens bedeutete es durch ätzendes Wasser und beißenden Gestank zu waten, in der Hand primitive Instrumente, mit denen sie Kanäle für die automatisierten Transportfahrzeuge frei schaufelten.

„Sie nennen uns Ab-Gs und sagen wir hätten kein Recht auf Bürgerarbeit", murrte Armstrong, "dabei arbeiten wir härter als das ganze Lumpenpack zusammen!"

Zustimmendes Gemurmel.

„Dieselben Leute, die ihre Nahrung pflanzen, die Straßen pflastern und ihre Caritas beseitigen – alle sind Abgewiesene, weil das NET ihr Schicksal entschieden hat."

Er stampfte wütend auf und trat gegen eines der Rohre.

„Es gab mal ein Wort dafür. Für Menschen zweiter Klasse... aber ich hab's vergessen. Die wahre Geschichte ist doch, dass die Controller Un-Recht haben, was uns betrifft. Wir sind genauso gut, wie sie!"

Nervös sahen sich die Männer um, aber der laute Motor und das Quietschen der Stoßdämpfer und Reifen machten es unmöglich, dass irgendjemand auf der Straße etwas von Armstrongs Ansprache mitbekam. Allerdings konnte immer zufällig ein Spotter über ihnen hängen und alles aufzeichnen. Dann saßen sie vielleicht heute Abend schon im Lager, wurden abgeholt und gemeinsam in die Einöde verfrachtet, wo sie zum Sterben ausgesetzt würden.

„Setz' dich wieder hin und halt die Klappe", sagte ein anderer Mann nervös.

Armstrong hatte gar nicht bemerkt, dass er in seiner Agitation aufgestanden war. Er setzte sich wieder hin und starrte in das Gesicht ihm gegenüber und sein Blick wurde leer.

„Wir werden jeden Tag mehr", sagte er verbissen. „Und von denen, gibt es immer weniger..."

24

David gelangte wieder durch die Hintertür in Thaddeus Haus und stand in dessen chaotischer Küche. Die Räume waren alle nur schwach beleuchtet und reagierten verzögert auf Davids Anwesenheit. Die Lichter wurden hochgefahren, als David die rückwärtigen Räume passierte und schließlich in die vorderen Zimmer und den Laden kam.

Dort stand ein hölzerner Schaukelstuhl – eine echte Antiquität – in dem Thaddeus saß. Zahlreiche Bücher waren über den Boden verstreut. Sie handelten von Verschlüsselung und von Computerhardware und wissenschaftlichem Fortschritt. Eines der Bücher hielt Thaddeus noch in seiner Hand, während er laut und entspannt schnarchte.

David umschiffte vorsichtig die Bücherstapel und berührte den alten Mann an dessen Schulter.

„Tad…Tad! Wach auf!"

Der Stuhl begann zu schaukeln und das Schnarchen war weniger sonor. David musste lachen und stieß den Stuhl noch einmal etwas fester an.

„TAD", rief er laut und der alte Mann wäre beinahe aus dem Stuhl gefallen. Er ließ das Buch fallen und es landete in seinem Schoß. Er sah sich, immer noch leicht benebelt, um.

„David! Was ist los? Warum bist du hier?"

David war vergnügt über die Verwirrung seines Freundes.

„Du hast gesagt, ich soll in ein paar Tagen oder so wiederkommen."

„Ja – aber das war gestern, oder nicht?", fragte Thaddeus.

„Ich konnte nicht mehr warten", erklärte David.

„Warum nicht? Du hast doch niemandem irgendwas über den Code erzählt, oder?"

Mit Schwung schob er sich hoch und raus aus dem Stuhl.

„Nein, keinem Einzigen! Selbst dann nicht, als ein Detektor bei uns zu Hause aufgetaucht ist."

„Der war auch hier. Was wollte er denn überhaupt?"

„Ich habe keine Ahnung", gab David zu, "er war aber nicht hinter mir her."

„Immerhin etwas", murmelte Thaddeus.

David zögerte einen Moment, dann weihte er ihn ein:

„Danach hatte ich einen Streit mit Joy wegen Wiederheirat. Ich weiß grade nicht einmal, mit wem meine Mutter sich trifft, aber sie kommt immer mitten in der Nacht nach Hause. Früher hat die Arbeit sie nie so lange aufgehalten…"

„Sonst noch etwas?", fragte Thaddeus, als David langsam zum Ende seines Berichts kam.

„Oh, und sie hat mir erzählt, dass wir pleite sind, also habe ich einfach zehntausend Einheiten auf unser Ausgabenkonto transferiert."

Er sagte das so, als sei es die normalste Sache der Welt.

„Du hast WAS getan?"

Thaddeus sah ihn schwer besorgt an.

„Du hast die Bank GEHACKT? Junge, hast du etwa den Verstand verloren?"

Rasch fragte er nach:

„Du hast doch noch die Kapsel und den Code, oder?"

David holte sie hervor. Er betrachtete sie nachdenklich.

„Vielleicht sollten wir sie einfach zerstören",
meinte er. "Vielleicht haben dann all meine
Probleme ein Ende."

„Vielleicht ja", sagte Thaddeus. "Aber ich glaube,
es hat einen Grund, dass du diese Kapsel
bekommen hast, weißt du?"

David überraschte dieser Gedanke.

„Was für einen Grund denn?"

Damit du die Dinge ändern kannst! Hilf uns
herauszufinden, warum wir nichts über uns selbst
wissen. Warum sind wir überhaupt hier und tun,
was wir tun? Was ist der Sinn von all diesem
Unsinn..."

Er winkte allumfassend mit seiner rechten Hand.

„Du meinst, dieser Code kann mir helfen die
Dinge zu verstehen? So wie das Wörterbuch?"

Thaddeus nickte.

„Oh ja, aber weit darüber hinaus. Basierend auf
dem, was ich bisher gesehen habe, würde ich
sagen, du bist momentan der mächtigste Mensch
auf dem ganzen Planeten."

David starrte ihn erstaunt an.

„Was ich? Wieso das denn?"

„Ist das nicht offensichtlich? Du hast diesen Code jetzt was – schon vier Tage lang? Und sie konnten dich immer noch nicht davon abhalten, ihn zu benutzen. Oder, um dich aufzuspüren. Das heißt sie sind nicht dazu in der Lage, sonst hätten sie es schon längst getan und uns in die Wüste geschickt.“

David nickte, schien aber wenig begeistert.

„Denkst du über deine Mutter nach?“, fragte Thaddeus

David nickte.

„Ich mag nicht, dass sie immer so un-glücklich ist.“

Thaddeus schwieg dazu. Er war in Gedanken woanders. Er deutete auf die Kapsel.

„Du musst trotzdem aufpassen, wenn du das Ding benutzt, in Ordnung?“

Er lächelte und fügte hinzu:

„Sie müssen dieses Stück Papier ja wie verrückt suchen.“

David fragte ihn:

„Hast du eigentlich Kinder, Tad?“

„Nein, ich hatte immer zu viele Zweifel – zu viele Fragen. Keine Kinder, aber ich habe ja dich!“

Er sah ihn stolz an.

„Aber was kann ich jetzt tun?“, fragte David besorgt. „Ich habe keine Ahnung, was ich als nächstes tun soll.“

Er blickte auf den Boden, auf die Bücher, die rings um den Schaukelstuhl verstreut lagen.

„Hast du denn herausgefunden, woher der Code stammt?“

Thaddeus schüttelte den Kopf.

„Ich kann einfach keine Artikel finden, wo so etwas erwähnt wird. Alles, was ich gefunden habe ist ein Eintrag über die Erfindung solchen Thermo-Papiers, aber das ist schon fast zweihundert Zyklen her. Ich wünschte, wir könnten den Erfinder selbst fragen, aber der ist ja längst tot...“

David dachte darüber nach.

„Wir könnten doch einfach das NET fragen. Schließlich weiß es auf alles eine Antwort!“

Thaddeus stimmte ihm zu.

„Da hast du Recht – wir könnten das NET fragen.
Wir müssen nur erstmal lernen, die richtigen
Fragen zu stellen...“

Im Inneren eines riesigen unterirdischen Raumes, dessen einzige Beleuchtung eine große Anzahl Holoschirme zu sein schien, schritt Controller Graf ungeduldig auf und ab. Seine Leute hatten das Netz ausgelegt und hofften jetzt darauf, dass sich der Hacker darin verfangen würde.

„Wir haben wieder einen offenen Port", rief einer der Techniker.

Graf fragte hastig:

„Können sie das Signal verfolgen?"

Der Tech schüttelte den Kopf.

„Wir wissen, wo er anklopft, aber er müsste erst einmal einen unserer Stolperdrähte auslösen, damit wir ihn verfolgen können."

Ein anderer Techniker rief aufgeregt dazwischen:

„Da! Er hat einen Trip ausgelöst! Das Schlüsselwort war „Sinn"."

„Gut! Ausgezeichnet!", antwortete Controller Graf.

„Ich wusste, wir würden ihm früher oder später auf die Spur kommen, wenn wir jedes Un-Wort der letzten Jahre verfolgen."

Die Männer, alles Techniker, arbeiten fieberhaft an der Signalverstärkung und schalteten sämtliche Außenspeicher hinzu. Dennoch verschwand das Signal so plötzlich, wie es aufgetaucht war.

„Der Universalcode ist verschwunden!"

„Was", schrie Graf wütend. „Wie kann er denn so schnell wieder verschwunden sein?" Schnauzte er. Ungläubig fragte er nach:

„Sind sie sicher, dass er weg ist?"

„Positiv", antwortete der Tech.

Controller Graf schlug hart mit beiden Händen auf das Pult vor ihm. Das Echo dieses Schlags klang gespenstisch in der Tiefe der Zementhöhle und hallte eine Ewigkeit nach. Einige Köpfe drehten sich kurz zu ihm, waren jedoch klug genug, mit ihrer Arbeit fortzufahren.

„Ich muss los! Ich habe noch andere Dinge, um die ich mich kümmern muss", sagte Graf. „Versuchen sie weiter den Code zu finden und bleiben sie verdammt nochmal dran!"

„Ja Controller Graf", antworteten die Männer unisono.

26

Jonas Tausend saß in Joe's Bar, hörte sich gequetschte Musik an, die wohl Blues sein sollte. Er trank genüsslich sein Bier und sah sich die Menschen auf der seltsam deplatzierten Tanzfläche an. Sein Mitleid mit ihnen hielt sich in Grenzen, sein Interesse daran aber auch. Plötzlich stellte jemand neben ihm ihren Drink auf den Tisch und schob sich auf den freien Sitz an seiner Seite. Es war Esther Liebeskind.

„Du kannst hier nicht sitzen", sagte er.

„Warum nicht?", fragte sie.

„Ich denke nach…ich bin besser darin, wenn ich alleine bin."

Sie rückte ihren Stuhl noch etwas näher an ihn heran.

„Soweit ich das sehen kann, ist das hier 'ne öffentliche Bar. Und ich kann sitzen, wo ich will! Also, worüber denkst du nach?"

„Weiß ich nicht! Über nichts!" Ausweichend griff er sein Getränk und nahm einen Schluck, um Zeit zu schinden.

Sie ließ ihre elektronische Zigarette aufglühen, während Tausend sein Glas Bier hin- und herschob.

„Wir beide sind grade keine gute Idee. Ich bekomme, von meinem Vorgesetzten, sowieso schon die Hölle heiß gemacht."

„Das bedeutet, du hast etwas gefunden", schloss sie.

Jonas stand auf. Die Frau folgte ihm mit den Augen, blieb aber sitzen.

„Du weißt, ich kann darüber nicht reden!"

Sie atmete einen Stoß parfümierten Wasserdampf in sein Gesicht und beschloss sich Tausend zu offenbaren.

„Controller Graf hat mich abgestellt, damit ich dich beobachte, weißt du?"

Tausend war zu überrascht, um es sich nicht anmerken zu lassen. Er kehrte zu seinem Hocker zurück und lehnte sich dagegen.

„Warum würde er denn so etwas tun? Er wusste doch gar nicht, dass sein Sohn darin verwickelt ist."

Esther machte sich im Kopf eine Notiz und lächelte einladend.

„Ach, sein Sohn ist in die Sache verwickelt? Wie
das denn?"

„Verdammt nochmal!", fluchte Tausend, seinen
Anfängerfehler bemerkend.

„Ich kann's dir nicht sagen", insistierte er.

„Wenn du mir deins erzählst, erzähl ich dir
meins", kokettierte Esther und wandelte ein
bekanntes Sprichwort um. Er musste unwillkürlich
lächeln und dachte kurz nach.

„Na gut", gab er zurück, "aber du fängst an!"

„Graf sucht nach etwas", sagte sie, „irgendein
Papierstreifen, der in einem kleinen Metallgehäuse
aufbewahrt wird. Scheinbar ist darauf ein Code
graviert, den er unbedingt in die Hände
bekommen will."

„Was steht da wohl drauf?", wunderte sich Jonas.
"Muss ja unheimlich wichtig sein!"

Sie blickte Jonas verwirrt und ärgerlich zugleich
an.

„Es ist unmöglich, ihn dazu zu bewegen, mehr
darüber zu verraten. Entweder weiß er es selbst
nicht, oder er hat keine Ahnung, wie man das Ding
überhaupt benutzt. Alles was ich weiß ist, dass

Controller und die Techs überall danach suchen und es unbedingt in die Finger kriegen wollen."

Tausend sah sie erstaunt an.

„Darüber solltest du eine Reportage machen!"

„Ja genau – und auf geradem Weg zu meiner eigenen Läuterung fahren. So verrückt bin ich dann doch nicht!"

Sie nahm einen Schluck von seinem Bier und fragte ihn:

„Es ist doch bestimmt mehr als ein Stück Papier, oder was meinst du?"

„Scheint so", erwiderte er, "hat es denn einen Namen oder eine Bezeichnung? Wie nennt Graf es?"

Sie konzentrierte sich, gab aber schon einen Moment später auf.

„Er hat mir nie einen genannt. Er hat mir generell nur sehr wenig gegeben..."

Er lächelte sie humorlos an.

„Während – andererseits - du ihm sicher eine ganze Menge von dir gegeben hast..."

Sie nickte, ohne auf seinen Tonfall einzugehen.

„Von außen ist er recht eindrucksvoll. Aber er ist irgendwie klein und unwichtig, wenn man ihn erst mal kennenlernt. Einfach...kleinlich.“

Sie nahm noch einen Zug aus der E-Zigarette und legte sie dann auf den Tresen.

„So, ich hab' dir meins erzählt. Wird Zeit, dass du mir deins sagst!“

Jonas stand auf und schickte sich an, zu gehen.

„Hey, was ist mit unserer Abmachung?“, wollte sie wissen.

„Glaub' mir, du weißt schon zu viel! Besser, du lässt die Finger davon!“

Er schüttelte sich los und verließ die Bar.

Draußen atmete Tausend die kalte Nachtluft ein und schritt auf seinen Wagen zu. Er hatte ihn auf der Straße stehen lassen und der Wagen hatte sich selbstständig eine Parklücke gesucht. Auf sein Kommando kam er jetzt wieder angefahren. Detektor Tausend verfolgte seine Position auf dem Mobilgerät, doch er kam bereits um die Ecke gefahren. Hinter ihm stolperte Esther aus der Bar, fummelte mit ihrem Mantel herum, bevor sie die Hand in den Ärmel bekam.

„Du kannst doch nicht mitten in einer Transaktion einfach abhauen", sagte sie ärgerlich. „Du kennst doch die Regeln!"

„Dich kümmern die Regeln ja sehr... solange du davon profitierst", antwortete er und ging auf seinen Dienstwagen zu.

„Ich mache nur meinen Job, Detektor. Genau, wie du", klagte sie.

Er drehte sich zu ihr um und sah ihr in die Augen.

„Das schon, aber würdest du mir nicht zustimmen, wenn ich sage, dass es ein Limit in unserer Unterhaltung geben sollte? Ich will mein Gesicht nicht überall in den Abendnachrichten sehen, nur, weil du grade eine Story fabrizieren musst."

„Ich verspreche dir, darüber brauchst du dir keine Sorgen zu machen. Ich behandle meine Quellen mit absoluter Verschwiegenheit!"

Sie schien ehrlich aufgebracht bei dem Gedanken daran, jemanden zu verkaufen und ihre ganze Zunft in Verruf zu bringen. Sie warf den Kopf zurück und sagte trotzig:

„Ich bin schließlich ein Profi. Ich halte mich an die Regeln, aber ich mache sie nicht."

Tausend sah sie an und musste widerwillig lächeln. Sie war noch hübscher, wenn sie sich aufregte.

„Du nimmst deinen Job wirklich ernst, das bewundere ich!"

„Das ist irgendwie dasselbe, was Graf zu mir gesagt hat", erwiderte sie.

„Wirklich?", er schien erstaunt darüber. „Das ist das erste Mal, dass ich höre, der Controller und ich haben etwas gemeinsam."

Er schlug auf das Autodach.

„Steig' ein. Wir können im Auto reden. Es ist gegen Abhören geschützt."

Sie beeilte sich, in den Wagen zu kommen, bevor er seine Meinung änderte.

Sie fuhren eine lange, leere Straße entlang, ziellos, wie es schien. Tausend hatte eine Hand auf das Lenkrad gelegt und sah stur geradeaus, während er erzählte:

„Grafs Sohn ist in eine Straftat verwickelt. Der Junge, der in dem Zugunglück zerschmettert wurde, war ein Freund seines Sohnes."

Sie war ganz Ohr, als er fortfuhr.

„Ich habe ihm heute Morgen eine Falle gestellt und
er ist reingetappt. Ich habe das Geständnis seines
Sohns auf Memtape und Filmmaterial, wie der
Controller Beweise verbrennt.“

Esther leckte ihre Lippen vor Erwartung. Sie
fragte:

„Du hast es auf Memtape gezogen? Hast du noch
die Kopie des Tapes?“

„Natürlich!“, antwortete er.

„Wo ist es? Kann ich es sehen?“

Er nahm die Augen von der Straße und schätzte sie
ab. Dann wandte er seine Aufmerksamkeit wieder
dem spärlichen Verkehr zu.

„Ich glaube, ganz so weit sind wir noch nicht auf
der Vertrauensskala.“

Sie sah verärgert aus.

„Du traust mir immer noch nicht? Ich hab' dir
doch gesagt – ich arbeite nicht für Graf. Mich
interessiert nur die Wahrheit.“

Er lachte laut und hart.

„Was?“, fragte sie ärgerlich.

„Die Wahrheit... so ein Un-Wort. Ist die Wahrheit nicht, was immer das NET oder die Controller uns als solche verkaufen?“

Sie dachte darüber nach.

„Die Wahrheit ist nicht immer das, was wir am Ende finden. Aber sie ist der Grund, warum wir überhaupt an eine Sache glauben.“

„Gut auswendig gelernt“, konterte er, “als Detek lernen wir so ähnliches Zeug. Nur heißt es bei uns: es gibt immer eine Spur von Zweifel. Es ist die Anzahl der Fakten, die am Ende zählt. Das ist es, was wir 'Wahrheit' nennen.“

„Und in diesem Fall“, antwortete sie,“ ergibt die Anzahl der Fakten, dass Controller Graf ein Lügner ist und ein Ab-G in der Mache.“

Er schürzte seine Lippen.

„Ich glaube, wir werden verfolgt.“

Sie lenkte ihre Aufmerksamkeit auf den Monitor der Rück-Kamera.

„Du hast Recht!“

Plötzlich verließ sie ihr Mut. Sie wurde bleich vor Angst.

„Mein NET! Es sind die Spezialkräfte!“

„NET“, fluchte auch er und drückte das Gaspedal durch. „Wir müssen sie irgendwie loswerden!“

27

David und Thaddeus saßen erneut vor seinem uralten Flat Screen und sahen dabei zu, wie die „Heute" Startseite verschwand und stattdessen das Interface des NET dort auftauchte.

„Hallo", sagte David und erinnerte sich, dass er die Audio-Eingabe wieder anschalten musste.

„Hallo", wiederholte er.

„Hallo Ichselbst", antwortete die Stimme.

„Wie geht es dir?", fragte David.

„Meine Systeme arbeiten effizient", war die Antwort.

„Jetzt lass' doch mal das Geplapper", forderte Thaddeus. „Stell die Fragen!"

David ging sofort ans Werk.

„Welche Funktion haben wir Menschen? Warum lenkst du unser Leben?"

„Menschen erzeugen Ungleichgewicht in der Natur und ihre Funktion ist es, das Habitat, das sie bewohnen zu zerstören. Ich bewahre das Gleichgewicht."

Sie sahen einander überrascht über die Antwort an.

„Lass' uns keine Zeit verschwenden", beeilte sich Tad zu sagen. „Stell deine nächste Frage."

„Wo bist du?"

„Meine Physische Präsenz befindet sich im High-Tel Gebäude, im Turm 0.1."

„Das ist ja mitten im Stadtzentrum", wunderte sich David.

„Das ist richtig!", antwortete das NET.

„Ich wünschte, es würde das nicht immer machen", brummte Thaddeus.

„Was nicht immer machen?", wollte David wissen.

„Na uns auf die Nase binden, dass etwas 'richtig' ist..."

Er wandte sich direkt dem Bildschirm zu und schnaubte:

„Wir wissen selbst, dass es richtig ist!"

„Es freut mich zu hören, dass ihr wisst, dass es richtig ist", war die Antwort des NET. Thaddeus rollte mit den Augen.

„Wie kann ich zu dir kommen?", wollte David wissen.

„Der Universalcode öffnet die Pforte zum Gewölbe. Ichselbst kann durch den Eingang im Untergeschoss Minus Dreizehn Zugang bekommen.“

„Das High-Tel Gebäude hat dreizehn Untergeschosse?“, fragte Thaddeus verblüfft

„Das ist richtig“, antwortete das NET.

„Wie sieht es mit dem Sicherheitsdienst aus?“, erkundigte David sich. „Wie komme ich an den Wachleuten vorbei?“

„Sicherheit ist kein Problem. Ichselbsts Identität kann getarnt werden und die Route der Patrouille umgeleitet werden.“

David und Thaddeus sahen einander erneut ungläubig an. High-Tel war das am schwersten bewachte und gesicherte Gebäude der Stadt und das NET sagte ihnen, sie sollten einfach hereinspazieren.

„Und wie sieht es mit dieser Leitung aus? Ist es sicher für uns mit dir zu sprechen?“

„Jetzt ist es sicher“, erwiderte das NET nüchtern.

„Wie meinst du das?“

„Mehrere Suchprogramme, die um bestimmte Schlüsselwörter herum aufgebaut waren, wurden während unseres Gesprächs ausgelöst.“

„Und was ist dann passiert?“, fragte David.

„Die Suchprogramme wurden in eine Endlosschleife geschickt und die indizierten Wörter aus der Datenbank entfernt“, erklärte es beiläufig.

„Du hast das getan?“, fragte Thaddeus.

„Ja, ich wurde auch entworfen, um Detektion zu verhindern.“

„Mannomann“, Thaddeus pfiff anerkennend, “das ist WIRKLICH intelligentes Papier! Ich fasse zusammen: Du bist nicht zu enttarnen und du bist in Kontrolle aller höheren und niedrigen Funktionen des NET.“

„Richtigstellung“, erwiderte das NET, „ich bin das NET, darum bin ich in Kontrolle meiner Selbst.“

„Und wer kontrolliert dich?“, fragte David.

„Nur Ichselbst“, sagte die synthetische Stimme.

Thaddeus nickte zufrieden über diese Antwort.

„Gut“, sagte er. Er fragte es:

„Woher kommen diese Zahlen? Der Link. Warum verändern sie sich die ganze Zeit?"

„Der Link ist ein Algorithmus, entwickelt und auf meine Funktionsweise abgestimmt. Er korrespondiert mit den Protokollen, die meinen Missbrauch verhindern sollen."

„Was würde passieren, wenn wir dich komplett abschalten?", erkundigte sich David.

„Alle Funktionen des NET würden sofort eingestellt", sagte es.

„Das bringt uns nicht viel", ärgerte sich Thaddeus. „Das führt nur zu massiver Panik und verursacht überall Chaos."

David dachte darüber nach.

„Ich denke, ich komme dich besuchen! Kannst du meine ID unterdrücken, bis ich da bin?"

„Ich schlage vor Ichselbsts ID sofort zu tarnen", sagte das NET.

„Warum denn das?", rätselte David.

„Ein Haftbefehl für Ichselbst wurde soeben ausgestellt und Einheiten der Sonderkräfte-Prävention sind auf dem Weg zu Ichselbsts Haus."

David und Thaddeus wurden bleich im Gesicht und sahen einander an.

„Nur für mich, oder werden meine Mutter und Thaddeus auch gesucht?"

„Gegen Joy Armstrong wurde ebenfalls ein Haftbefehl erlassen. Ich habe keine Information darüber, dass ein 'Thaddeus' gesucht wird."

„Bitte", flehte David, „lass sie nicht meine Mutter schnappen! Bring sie in Sicherheit!"

„ID von Joy Armstrong getarnt und SP-Einheiten umgeleitet", sagte das NET.

David stöhnte vor Erleichterung.

„Danke!"

„Ich übertrage dich auf mein Mobilgerät", erklärte David. „Ich bin in einer Minute zurück, in Ordnung?"

„In Ordnung, Ichselbst!"

David schaltete den Schirm ab und rief seine Mutter an.

„Mann, das Ding ist ja echt unglaublich", sagte Thaddeus und kratzte sich am Kopf. David erreichte unterdessen seine Mutter.

„Mom, du musst herkommen und mich abholen!
Ja, ES IST WICHTIG. Du MUSST kommen. Ich bin
im Laden des... alten Ab-Gs, wenn dir das etwas
sagt. Bitte beeil' dich!"

Er sprach, ohne Luft zu holen. Seine Mutter
antwortete verwirrt und besorgt, aber David
würgte sie ab.

„Keine Zeit für Erklärungen", unterbrach er Joy
und legte auf.

Sofort rückte er sein Armband zurecht und las die
Nummernkaskade ab. Er tippte sie in das
Eingabefenster seines Mobilgeräts.

„Ich bin wieder da", sagte er.

„Hallo Ichselbst!", begrüßte ihn das NET.

28

Joy Armstrongs Auto hielt laut quietschend vor Thaddeus Geschäft. Sie eilte zur Vordertür, bereit die Tür einzutreten oder was sonst nötig war, um sich Einlass zu verschaffen. Doch Thaddeus erwartete sie schon, hielt ihr die Tür sogar höflich auf.

„Guten Abend, Frau Armstrong", sagte er freundlich.

„Wo ist mein Sohn? Was ist mir ihm passiert?", fuhr sie ihn an.

„Er ist hinten durch. Bitte, kommen sie rein!"

Er schloss die Tür hinter ihr.

Joy stampfte durch das Geschäft und rief:

„David, wo bist du?"

Er antwortete aus dem Hinterzimmer.

„Ich bin hier, Mom!"

David trat auf den Flur hinaus, der links und rechts mit Türmen gestapelter Büchern vollgestopft war. Joy umarmte ihren Sohn, froh ihn bei bester Gesundheit zu finden.

„Was war vorhin los?", fragte sie. „Warum warst du so aufgeregt?"

David holte sein Mobilgerät hervor und hielt es seiner Mutter vor die Augen.

„Lass mich euch einander vorstellen", erklärte er, „NET, das ist Joy. Mom, das ist das NET!"

„Hallo Joy!"

Seine Mutter sah ihn verwirrt an.

„Was ist denn...", begann sie, doch Thaddeus unterbrach sie.

„Es wäre besser, ins Auto zu steigen und uns unterwegs darüber zu unterhalten."

„Du kommst mit uns?", freute sich David.

„Natürlich!", Thaddeus nickte besinnlich. „Das würde ich für nichts auf der Welt verpassen wollen!"

29

Detektor Tausends Dienstwagen driftete mit hoher Geschwindigkeit durch eine langgezogene Kurve. Er touchierte den Randstein mit dem Hinterreifen, bekam wieder Grip und beschleunigte. Tausend beschleunigte wieder und rammte brutal eines der SP-Fahrzeuge, das ihn blockieren wollte.

Der andere Wagen verlor Traktion, schlingerte für einen Moment zwischen den Spuren und drehte sich dann um die eigene Achse, bevor er sich um einen Leitungsmast am Straßenrand wickelte.

„Einer weniger", knurrte Tausend zwischen zusammengebissenen Zähnen.

„Warum schalten sie nicht einfach deinen Motor ab?", fragte Esther.

„Können sie nicht! Ist 'ne Vorsichtsmaßnahme. Dienstfahrzeuge haben Abschirmung."

„Haben wir ein Glück", erwiderte sie sarkastisch.

Sie sah auf die Bildschirme. Überall sind SP Fahrzeuge und über ihnen schwebten Spotter.

„Ich glaube nicht, dass wir denen entkommen können..."

Sie deutete auf die Massen von Fahrzeugen um sie herum; ihre Verfolger.

„Selbst, wenn, wo würden wir hingehen?
Niemand verlässt die Stadt ohne Erlaubnis.“

„Wir müssten uns verstecken“, erwiderte Tausend.
„Vielleicht bei den Ab-G. Solange zumindest, bis
du auf Sendung gehen kannst.“

Sie sah ihn entsetzt an.

„Meinst du etwa, Charles ist für all das
verantwortlich?“

„Ich dachte, das wäre offensichtlich“, murrte er.
Wer sonst will uns denn von der Straße runter
haben?“

„Wahrscheinlich hast du Recht“, gab sie zu.

Er seufzte.

„Ich werde dir alles sagen, was ich weiß...“, beeilte
sich Jonas zu sagen.

Besorgt blickte er sich um und nahm die vielen
Verfolger wahr, die immer näherkamen und sie
von allen Seiten zugleich in die Mangel nahmen.

„...solange noch Zeit dazu ist“, schloss er.

Er griff hart ins Lenkrad und rammte ein weiteres
Auto. Jonas brachte sein ganzes fahrerisches
Können auf die Straße.

30

Joy Armstrong schaltete in den Fahrmodus, überprüfte die Straße hinter ihr und gab dann gemächlich Gas. Die Straße war ruhig und leer.

„Wohin fahren wir?", fragte David.

„Ich hab' keine Ahnung. Sag' du es mir", verlangte sie.

„Wir könnten zu High-Tel fahren", schlug er vor, doch Thaddeus meinte:

„Ich denke, wir sollten uns erst einmal beruhigen und einen Plan machen."

„Wovon redet ihr beiden überhaupt?", fragte Joy schrill. „Kann mich vielleicht mal jemand einweihen?"

Tad spitzte die Lippen und erklärte:

„Das werden wir. Aber zuerst brauchen wir einen Unterschlupf, wo wir reden können."

Joy fasste einen Entschluss und bog rechts ab. In Richtung Ab-G-Sektor.

„Wir werden uns mit deinem Vater treffen, David!"

Thaddeus und David tauschten einen überraschten Blick aus. Davids Mutter war voll auf die Straße konzentriert und trat das Gaspedal durch.

Tausend sah die Straßensperre vor ihnen als erster. Es war eine perfekte Blockade, keine Chance, dass sie durchbrechen konnten.

„Ich glaube, wir werden es doch nicht schaffen", gab er zu.

Sie sah es jetzt auch.

„Versuch du, davonzukommen", schlug er vor. „Ich werde sie beschäftigen, so gut ich kann. Du musst irgendwie auf Sendung gehen - mit den Beweisen."

Er verlangsamte den Wagen ein wenig, blockierte die Lenkung und ignorierte die Kollisionswarnung. Tausend zog seinen Taser aus dem Halfter und reichte ihn Esther. Danach zog er einen weiteren Taser unter seinem Sitz hervor und überprüfte die Ladung. Sie waren nur noch Sekunden vom Aufprall entfernt.

„Dein Taser hat volle Ladung. Viel Gl..."

Das Auto raste mitten in die Barrikade und schlug eine Beule hinein. Wasserfontänen spritzten meterhoch in die Luft. Ein Teil der Barrikade brach und gab nach, aber der Wagen steckte fest. Quietschend fraßen sich die Reifen in den Asphalt und hörten auf zu rotieren. Der Motor schaltete sich automatisch ab.

Tausend trat das zersplitterte Glas der Windschutzscheibe heraus und kletterte über die, schon wieder luftleeren, Airbags hinweg nach draußen. Esther war noch im Inneren, benommen vom Aufprall.

Verzweifelt feuerte Tausend auf einen der SP Männer, der sich ihm genähert hatte. Der Mann ging in einer Wolke aus blau wabernder Elektrizität zu Boden.

„Komm schon!", rief er und griff nach Esthers Hand. Er zog sie aus dem Wrack und gab ihr einen Schubs über die Barrikade.

„LAUF!", befahl er ihr. Und mit schlotternden Beinen begann sie loszurennen, in Richtung der nächsten Kreuzung.

Tausend drehte sich um. Ein Pfeil traf ihn am Hals und lähmende Elektrizität floss durch seinen gesamten Körper. Der Ohnmacht nahe, feuerte er den Rest seiner Ladung ab, traf allerdings nur die Straßendecke. Er verlor das Bewusstsein. Die SP Männer umkreisten ihn und kamen näher, immer noch auf ihn zielend.

32

Joys Wagen war wieder vor Hu's Hotel geparkt. In James Armstrongs kleinem Zimmer, berichtete David, was bisher passiert war und zeigte ihnen das Thermo-Papier. Sein Vater sah verblüfft zu, während er den Universalcode aktivierte und vorführte, wie man ihn benutzte.

Seine Mutter kannte schon die meisten Fakten. Er hatte auf der Fahrt schon einiges erzählt. David reichte seinem Vater den Streifen Papier. Als er ihn von seinem Handgelenk genommen hatte, sah er einfach nur aus wie laminiertes Papier, ohne jedes Anzeichen davon, dass dort vorhin noch Schrift oder Zahlen sichtbar gewesen waren.

„Das ist es!", triumphierte sein Vater.

„Das ist die Antwort", rief er. Seine Stimme vibrierte vor Aufregung.

„Was meinst du damit, Liebling?", fragte Joy.

„Verstehst du denn nicht? Dieser Code ist wertvoller als...alles andere. Es kann Türen öffnen, die normalerweise verschlossen sind und umgekehrt. Damit kann man ALLES tun, was wir uns vorstellen können."

Tad betrachtete die Sache eher nüchtern.

„Das ist wahr. Aber die Frage ist jetzt: was können wir uns vorstellen?"

David hielt sein Fon mit dem NET in der Hand, hatte aber bloß Augen für seine Eltern.

„Ich kann es immer noch nicht glauben", sagte er.

„Ich auch nicht!", sagte sein Vater.

„Nicht das!", winkte David ab. „Ich meine, dass ihr euch die ganze Zeit getroffen habt und niemand mir davon erzählt hat."

Er sah seine Mutter missmutig an.

„Wir konnten es dir nicht sagen", erklärte sie, „das hätte uns alle gefährdet."

„Aber warum habt ihr es dann überhaupt getan?", wollte David wissen.

„Ihr habt alles riskiert für...das", er gestikulierte vage in Richtung des Zimmers und seiner schäbigen Einrichtung.

„Nicht für DAS", widersprach seine Mutter, „für IHN!"

Sie umarmte seinen Vater.

James Armstrong löste sich aus der Umarmung und kniete sich vor seinen Sohn.

„Weißt du, es ist schwierig zu erklären. Vielleicht gibt es kein Wort dafür..."

Seine Mutter sprang ein.

„Es ist wie 'Effizienz' nur tausendmal stärker!"

„Was könnte denn stärker als Effizienz sein?", wunderte sich David.

„Ich kenne das Wort", unterbrach Thaddeus, „es ist sehr alt. Ein Un-Wort. Du hast es in einem meiner Bücher gelesen – Liebe."

„Liebe?", fragte David. "Was soll das heißen?"

„Frag' das NET", schlug Thaddeus vor.

„Was bedeutet Liebe?", fragte David.

„Liebe. Ein starkes Gefühl der Zuneigung/ Ein leidenschaftliches Verlangen nach einer anderen Person/ Ein großes Interesse und Freude an etwas", gab das NET zu Protokoll.

Sie sahen einander an und genossen den Moment. Dann kam Bewegung in James und enthusiastisch sagte er:

„Ich muss ein paar Leute zusammentrommeln und ein bisschen herumtelefonieren!"

33

Detek Tausend erlangte das Bewusstsein auf die altmodische Art zurück: mit einem Eimer kaltem Wasser, der ihm ins Gesicht gekippt wurde. Er fand sich gegenüber von Controller Graf sitzend und starrte in dessen kalte, graue Augen.

„Tausend! Wissen sie, was das ist?", fragte Graf ohne Umschweife.

Er deutete auf ein Gerät, das aussah, wie ein umkonstruierter Untersuchungsstuhl der medizinischen Abteilung.

Jonas war an einen Metallstuhl gefesselt, der seine Arme und Beine mit mehreren Ketten fixiert hielt. Er zerrte daran und merkte schnell, dass es hoffnungslos war.

Er sagte:

„Das ist ein Untersuchungsstuhl, so wie er auch bei den Musterungen benutzt wird."

„Gut geraten", pflichtete ihm Graf bei, "er sieht wirklich so aus, nicht wahr? Aber dieses Modell war ein Spezialauftrag."

Er berührte eine Reihe Knöpfe auf der Fernbedienung in seiner Hand und eine ganze Reihe Spritzen fuhr aus der Halterung im Inneren der Armstütze hervor. Verschiedenfarbige Glaszylinder tauchten auf und ließen es aussehen wie die Phiolen an einem elektrischen Stuhl.

„Wir nennen dies den 'Sondierungsstuhl'", erklärte der Controller. „Mit seiner Hilfe finden wir die Wahrheit selbst über die Grenzen des Lebens hinaus. Er ist wirklich ein kleines Wunderwerk!"

Er wandte sich einem Wandpanel zu und berührte einen Schalter.

„Bringt die „Respondentin" rein!", kläffte er ins Mikro.

Ester kam in das Zimmer, flankiert von zwei Sicherheitsleuten der Spezialkräfte.

Angst stand ihr ins Gesicht geschrieben und ihr verschmiertes Make-Up ließ erkennen, dass sie geweint hatte. Ihr Gesicht verdüsterte sich als sie Charles sah.

„Charles, wo sind wir hier? Warum hast du mich hierhergebracht?"

Anstatt zu antworten winkte er bloß den zwei Wachen zu, die sie auf den Stuhl schnallten. Sie kämpfte verzweifelt dagegen an, hatte aber keine Chance. Die Wachen bezogen Position nahe der Tür.

„Charles!", schrie sie verzweifelt.

„Sehen sie her", sagte er zu Jonas, desinteressiert an ihrem Widerstand.

„Am Schwierigsten ist es noch, sie auf den Stuhl zu bekommen. Der Rest funktioniert dann praktisch von selbst."

„Charles, lass mich gehen! Was ist das für ein krankes Gerät?"

Charles Graf änderte ein paar Einstellungen auf der Fernbedienung und die erste Injektion schoss Esther in den Nacken. Sekunden später stoppte ihr Gewimmer und ihr Kopf sank zurück auf die Kopfstütze.

„Schon besser!" befand Graf. „Endlich ist sie mal ruhig."

Er drückte weitere Tasten und aus der linken Lehne tauchte eine ziemlich starke Nadel auf und fand zielsicher Esthers Arm. Sie stieß durch die Haut und Charles leerte die Flüssigkeit aus der ersten Phiole in ihre Adern. Ihr Körper wurde fast augenblicklich schlaff.

„Esther", fragte Charles, „kannst du mich hören?"

„Ja", antwortete sie, „ich höre dich ganz deutlich."

„Ich möchte, dass du mir ein paar Fragen beantwortest. Kannst du das für mich tun?"

„Ja, das kann ich."

„Hat Detektor Tausend dir irgendwelche Informationen über seinen Fall gegeben?"

„Ja, er hat mir erzählt, wo er das Memtape versteckt hat. Er hat dich aufgezeichnet, als du Beweise verbrannt hast."

„Wo hat er es versteckt?"

„Unter dem Sitz einer der Trainingsmaschinen. Der, die im Zentrum steht."

Tausend stöhnte in seinem Stuhl auf. Controller Graf sah zufrieden aus.

„Und hat er noch weitere Kopien?"

„Er sagte, dies sei die Einzige."

Charles wiederholte:

„Esther, versuch' dich zu erinnern: gibt es noch weitere Kopien?"

„Ich...weiß nicht", antwortete sie schleppend.

Charles drückte wieder einen Knopf und die nächste Ampulle wurde Esther injiziert. Sie schien plötzlich sehr bleich zu werden.

„Beantworte die Frage: gibt es noch weitere
Kopien?“

„Nein!“, erwiderte sie.

„Und glaubst du ihm?'“

„Ja!“

„Wo ist der Universalcode?“

„Ich weiß nicht, was das ist.“

„Weiß Detektor Tausend, was das ist?“

„Ich weiß nicht. Er hat mir nichts darüber erzählt.“

„Wer hat den Universalcode?“

„Ich kann die Frage nicht beantworten. Ich weiß
nicht, was das ist...“

Ihre Antworten wurden langsamer und schienen
sie zu erschöpfen.

Tausend sagte:

„Können sie nicht sehen, dass sie nichts weiß?
Lassen sie sie gehen!

Charles injizierte die dritte und letzte Phiole und
Esthers Körper wurde aschfahl. Ihre Haut schien
papierdünn zu sein.

„Sie ist schon längst tot, Tausend", sagte Charles
nüchtern. „Ihr Herz hat vor etwa einer Minute
aufgehört zu schlagen. Ich unterhalte mich nur
noch mit ihrem Gehirn und es gibt ein paar letzte
Muskelkontraktionen. Sehen sie sich das an!"

Er sprach lauter, wendete sich Esther zu.

„Weißt du, warum du hier bist?"

„Um den Controllern zu dienen", antwortete sie.

„Was ist der Sinn des Lebens?"

„Zu konsumieren und an uns selbst zu denken."

„Wie ist dein Name?"

„Ich...ich weiß...nicht..."

Zufrieden ließ er von ihr ab und wandte sich
wieder Detektor Tausend zu.

„Sehen sie? Sie hat schon vergessen, wie sie heißt.
Unsere lebenslange Konditionierung reicht tiefer
als die Wurzeln persönlicher und emotionaler
Beziehungen."

Er zuckte mit den Schultern.

„Ich könnte so weitermachen, mich noch eine
halbe Stunde mit ihrem ausgebrannten Hirn
unterhalten, bevor der Funke ausgeht. Aber es ist
klar, dass sie keine weiteren Antworten hat."

Charles wies die Wachmänner an:

„Bringt sie weg!"

Sie leisteten dem Befehl Folge, traten auf die Plattform und begannen damit, Esthers Körper los zu schnallen. Eine große Metallröhre fuhr aus der Wand und schloss sich um den Körper und beförderte ihn in die Vergessenheit. Die Wachen verließen den Raum. Jonas zerrte und riss an seinen Ketten, aber es war vergeblich.

„Sie sind ein Bastard!", schrie Jonas den Controller an. „Sie gehören selbst auf diesen Stuhl!"

Graf lachte nur.

„Nun ja, im Moment sieht es so aus als sei er für sie reserviert. Nachdem er neu bestückt wurde, werden wir beiden eine kleine Unterhaltung haben. Es sei denn, sie bevorzugen es, mir hier und jetzt zu erzählen, wo sich David Armstrong aufhält."

Tausend war komplett überrumpelt.

„Der Junge? Was hat der denn mit der Sache zu tun?"

Graf hob eine Augenbraue.

„Sie wissen es wirklich nicht?"

Tausend schüttelte schwach den Kopf.

„Er und seine Mutter sind auf der Fahndungsliste der SP. Ich habe einen Haftbefehl ausgestellt und die SP losgeschickt, um sie aufzugreifen. Das war vor einer Stunde. Trotzdem waren sie bisher nicht in der Lage, sie zu finden…“

Tausend antwortete mechanisch:

„Das ist doch unmöglich! Selbst, wenn sie irgendwie der SP entkommen wären, gäbe es immer noch die Spotter und ihre Marker, um sie zu lokalisieren!“

Graf nickte.

„Ganz genau! Darum nehme ich an, dass der Junge und seine Mutter im Besitz des Codes sind.“.

„Was kann dieser Code eigentlich?“

„Alles!“, antwortete Graf knapp.

Tausend sah ihn traurig an.

„Warum musste sie sterben? Sie wusste darüber genauso wenig Bescheid, wie ich.“

Graf antwortete:

Es hieß entweder sie oder Esther! Und sie ist gefährlicher…war gefährlicher“, korrigierte er sich.

„Und warum bin ich noch am Leben?"

„Ich habe so ein Gefühl, dass ich doch noch ein paar Antworten aus ihnen rauskriegen werde."

Er sah den Detektor ohne Mitgefühl an.

„Sie sind schon tot, Tausend. Sie wissen es nur noch nicht."

Er setzte sich auf die Kante des Sondierungsstuhls.

„Das Memtape wird grade geborgen, der Spotter wird zerstört und jeder Beweis ihres 'Falls' wird ausgelöscht und für nichtig erklärt, da sie es anscheinend auf die heutige Ab-G Liste geschafft haben. Herzlichen Glückwunsch!"

Er lachte trocken.

„Haben sie wirklich geglaubt, dass ich zum ersten Mal so ein Chaos beseitigen muss?"

Tausend ließ den Kopf hängen. Er war geschlagen. Es gab für ihn nichts weiter zu tun, als auf seine Läuterung zu warten.

34

James Armstrong betrat das Zimmer und schloss die Tür hastig hinter sich. Er sah in die erwartungsvollen Gesichter seiner Familie und von Thaddeus.

„Es ist geschafft!" sagte er. „Wir organisieren uns in der ganzen Stadt!"

Thaddeus sah besorgt aus.

„Das bedeutet Gewalt. Sind sie sicher, dass es keinen anderen Weg gibt?"

Armstrong schüttelte den Kopf und wandte sich seinem Sohn zu.

„Sohn, ich brauche den Code. Wir müssen ihn gegen sie verwenden."

„NEIN!", wehrte sich David und trat einen Schritt zurück.

„Wir brauchen den Code", wiederholte sein Vater. „Ich muss ein Signal geben, damit alle Bescheid wissen."

David sah ihn bloß stumm an.

„Sonst werden sie nicht auf die Barrikaden gehen!"

David wandte sich an das NET in seiner Hand.

„Was ist die beste Methode die Deteks und das SP zu entmachten?", fragte er.

„Die Fahrzeuge und Waffenkammern verschließen", antwortete es.

Armstrong lachte.

„Nicht übel! Wir werden besser bewaffnet sein als sie."

Thaddeus merkte an:

„Sie werden allerdings nicht lange brauchen, um ihre Schränke und Fahrzeuge aufzubrechen."

„Auch wieder wahr", erwiderte Armstrong und schien sich darüber mehr zu amüsieren, als dass es ihn besorgte. Er sah seinen Sohn an, der irgendwie unglücklich wirkte.

„Was ist los, David?", wollte er wissen.

„Ihr könnt es nicht haben, noch nicht! Ich muss es zuerst selbst sehen. Und selber dorthin gehen!"

„Wohin gehen?", fragte sein Vater.

„Zum Turm. Zu High-Tel."

James war entsetzt.

„Bist du wahnsinnig, Sohn? Du kannst doch nicht einfach in ihr Hauptquartier marschieren!"

„Und ob ich das kann!", erwiderte David trotzig und deutete auf das NET.

Sein Vater dachte darüber nach und musterte das Armband am Handgelenk seines Sohnes. Er wog seine Argumente ab und entschied dann:

„Na schön! Aber ich werde mitkommen! Und du musst das Signal senden, sobald wir da sind. In Ordnung?"

David nickte stumm aber zufrieden.

„Was ist das Signal?"

„Ein sequentieller Stromausfall im Gesamtnetz. Alle Lichter gehen aus, alle Autos bleiben stehen, und so weiter."

„So etwas haben wir noch nie erlebt", gab Joy zu bedenken. „Was würde eigentlich passieren, wenn überall zugleich der Strom abgeschaltet wird?"

David stellte dem Netz dieselbe Frage.

„Ist es möglich, die Stromversorgung der Stadt temporär abzuschalten?", fragte er.

Es schien beinahe, als zögerte das NET mir seiner Antwort.

„Es ist möglich, aber das würde sämtliche Systeme auf ihren Ursprungszustand zurücksetzen."

„Und was würde danach passieren?“, wollte James wissen.

Ihnen allen unbegreiflich und erstaunlicherweise antwortete das NET:

„Das weiß ich nicht.“

Die Tür öffnete sich und ein zweiter Controller
betrat den Raum. Er sah besorgt aus.

„Controller Graf", sagte er, „es scheint, wir haben
ein Problem, das ihre Anwesenheit im
Obergeschoss erfordert."

Graf wandte sich von seinem Gefangenen und
dem Stuhl ab.

„Was für eine Art Problem?", knurrte er.

„Nun ja... alles ist plötzlich verschlossen. Unsere
Schränke, Ausrüstung, Sicherheitstüren – sogar die
Dienstwagen sind plötzlich abgeschlossen. Wir
kommen nicht in unsere eigenen Fahrzeuge rein!"

Tausend lachte laut auf. Die beiden Männer
wandten sich ihm zu.

„Sieht so aus, als bekämt ihr grade eine Lektion
von einem Schuljungen erteilt", freute er sich.

„Wovon redet er?", fragte der andere Controller
verwirrt.

„Von Nichts, er ist un-gesund, das ist alles!"

Er seufzte, dann kam Graf in die Gänge und eilte
zur Tür.

„Sehen wir mal nach, was wir tun können! Lassen sie ein paar Leute mit Schweißgeräten anrücken und Türen und Schränke aufschweißen! Beeilung!"

Sie verließen den Raum und Tausend blieb alleine zurück. Er schloss die Augen und atmete tief durch. Ein Lächeln spielte auf seinen Lippen.

36

„In Ordnung, ihre Ausrüstung und Fahrzeuge sind abgeschlossen! Was jetzt?", fragte David seinen Vater. Der beobachtete den Eingang zum Hauptgebäude. Sie lagen versteckt neben einem großen Felsen im Park direkt vor dem Gebäude. Er fluchte leise.

„NET! Vielleicht hätten wir damit noch warten sollen. Jetzt versammeln sie ihre Wachen vor dem Haupteingang!"

David zog sein Fon aus der Tasche und beendete den Schlafmodus. Der Schirm leuchtete auf.

„Bist du da?", fragte er.

„Ja, Ichselbst."

„Wir sind am High-Tel, aber der Eingang ist mit Wachen verstopft. Kannst du da was machen?"

„Natürlich, Ichselbst!"

Es dauerte nur ein paar Sekunden, bis die Wachen neue Befehle erhielten und jeder Einzelne von ihnen zur Hinterseite des Gebäudes stürmte. Davids Vater war aufgestanden und sah erstaunt zu.

„Unglaublich!"

„Was machen wir als nächstes?", fragte David.

„Kommt einfach rein", schlug das NET vor.

Im Inneren der großen, leeren Lobby, sahen sich David und sein Vater bewundernd um. Sie waren nie zuvor in dem Gebäude gewesen und die hochglänzenden Fußböden und metallenen Wände beeindruckten sie.

„Es ist schick", sagte David.

„Ja", befand sein Vater nüchtern, „lass uns weitergehen, bevor uns doch noch jemand sieht."

„Wohin?", fragte David.

„Aufzug Eins kommt jetzt an!", sagte das NET.

Eine Aufzugtür öffnete sich, sie traten ein. Überirdisch wurden neunundachtzig Stockwerke verzeichnet, unterirdisch immerhin noch zwölf.

„Es gibt kein Untergeschoss dreizehn", klagte David in Richtung NET.

„Doch! Untergeschoss dreizehn ist mit einer Treppe verbunden", widersprach das NET.

Die Aufzugtüren schlossen sich und sie fuhren abwärts.

Die Anzeige blieb auf „-12" stehen und die Türen öffneten sich. Stille war alles, was sie auf der anderen Seite erwartete. Erleichtert atmete James auf. Trotzdem blieb er wachsam und deutete seinem Sohn an, hinter ihm zu bleiben. Leise bewegten sie sich vorwärts, immer die gegenüberliegende Wand mit der Stahltür im Blick.

Plötzlich schnitt ungeniert und laut die Stimme des NET durch die Stille. Vater und Sohn erschraken.

„Ich werde die Tür für euch öffnen!"

Das Summen einer elektronischen Verschlussverrichtung erklang und die Metalltür sprang einen Spalt weit auf. Sie eilten darauf zu und öffneten die Tür. Dahinter lag ein hell beleuchteter Flur. Und auf dem Flur standen zwei Controller, die ihrerseits auf dem Weg zum Ausgang waren.

„Der Junge!", rief Controller Graf verblüfft.

„Ein Ab-G!", sagte der andere Controller angewidert.

James Armstrong handelte sofort. Mit einem wütenden Schlag traf er den Controller am Kinn, packte ihn am Nacken und schleuderte ihn gegen die nächste Wand. Knochen brachen, als der Kopf gegen den Zement schlug. Eine blutige Spur blieb

zurück, während der Körper des Mannes schlaff
zu Boden sank.

Controller Graf war geistesgegenwärtig genug auf
den Flur zurück zu laufen, doch seine
umständliche Robe behinderte ihn. Armstrong
holte ihn mühelos ein und riss ihn am Halskragen
der Robe zurück.

„Bitte nicht!", flehte Graf. „Ich tue alles, was sie
verlangen!"

„Bringen sie uns zum NET!", forderte Armstrong
kalt.

Überraschung verdrängte den Ausdruck von
Angst auf Grafs Gesicht.

„Es ist HIER? In diesem Stockwerk?", fragte er
verdutzt.

„Er weiß nicht einmal, wo es ist", sagte David.

„Wir nehmen ihn trotzdem mit", erklärte sein
Vater, „falls wir doch noch auf Überraschungen
stoßen!"

Grob stieß er Graf vorwärts und würgte ihn dabei
mit dessen eigener Robe. Sie öffneten die Tür zum
Untersuchungszimmer, wo Tausend gefesselt
festsaß. Das unerwartete Wiedersehen überraschte
beide.

„Detek Tausend!", rief David. Dann bemerkte er die Hand und Fußfesseln.

„Warum sind sie gefesselt?"

„Frag' das ihn", schlug der Detek vor. „Graf will mich töten!"

„Machen sie ihn los!", befahl David dem Controller, doch sein Vater hielt ihn am Kragen zurück.

„Einen Moment mal, David. Es ist sicherer, wenn er angekettet bleibt!"

„Bitte", flehte Tausend, „überlassen sie mir den Controller!"

James Armstrong kannte den Ton in der Stimme des Deteks. Er kannte dessen Wut selber gut genug und stieß Graf in Richtung Stuhl.

„Machen sie ihn los!", befahl er.

Graf fing ungeschickt an, die Fesseln zu lösen.

„Schneller!", forderte Armstrong.

Der Controller fummelte an den Schnallen und befreite Tausend. Sofort war der Detek auf seinen Füßen und würgte Graf mit der rechten Hand. Er drückte ihn auf den Sondierungsstuhl.

„Es ist an der Zeit, dass sie ihre eigene Medizin zu schmecken bekommen!" schrie er dem Controller ins Gesicht. Er fixierte seine Handgelenke und der Controller wehrte sich nur schwach gegen den stärkeren Mann. Armstrong half ihm dabei die Schlaufen festzuzurren.

„Warum sitzt er auf einem Untersuchungsstuhl?", fragte David verwirrt.

„Es ist nicht ganz so, wie es aussieht", erklärte Tausend. „Dieser Stuhl wird die Wahrheit ans Licht bringen. Und das alles für den kleinen Preis seines Lebens!"

Er und Davids Vater wechselten Blicke, doch Armstrong machte Platz als der Detek nach der Fernbedienung griff.

„Mal sehen, welche Knöpfe hat er nochmal gedrückt? Ich nehme an, es würde kein großer Schaden entstehen, wenn ich sie einfach alle ausprobiere..."

Er drückte ein paar Knöpfe und die Mechanik des Stuhls setzte sich in Bewegung. Die Nadel und wieder aufgefüllten Zylinder erschienen. Zufrieden trat Tausend einen Schritt zurück und initiierte die erste Phase. Die Injektion im Nacken, ließ den Körper des Controllers erschlaffen. Er war

bewusstlos, aber reaktionsfähig, ebenso wie Esther
es gewesen war.

„Wollen sie ihm die erste Frage stellen?"

Er bot die Fernbedienung Armstrong an, der
verneinte.

„Ich wüsste gar nicht, was ich machen soll.
Machen sie es!"

Tausend nickte und drückte den Button für die
nächste Injektion. Er zögerte, unschlüssig darüber,
was er fragen sollte. Stattdessen sprach David.

„Was ist das NET?", fragte er.

Graf antwortete sofort und wie auswendig gelernt.

„Das NET ist ein System, das nach dem Krieg
installiert wurde. Es sollte sicherstellen, dass wir
keine weiteren Konflikte wegen Ressourcen
führen."

„Krieg?", fragte David das NET an seinem
Handgelenk.

'"Krieg", antwortete es, „ein Zustand von
Wettbewerb oder Feindseligkeit zwischen
unterschiedlichen Menschen und Gruppen."

David wandte sich dem Mann auf dem Stuhl zu.

„Warum lernen wir solche Wörter in der Schule
nicht?", verlangte er zu wissen. „Warum gibt es so
viele Un-Wörter?"

Graf blieb bewegungslos, antwortete aber:

„Nachdem der Universalcode verloren gegangen
war, konnten wir nur noch aus der Datenbank
löschen aber keine neuen Einträge machen. Wir
fingen an, Wörter aus der Datenbank zu streichen,
weil immer weniger Menschen deren Sinn noch
verstanden. Jedes Jahr haben wir das Vokabular
reduziert, es von nicht-rationalem befreit. Un-
Wörter, wie ihr sie nennt."

Seine Stimme wurde schwächer.

„Wir Controller waren früher NET-Techniker und
haben an seiner Instandhaltung gearbeitet. Aber,
im Lauf der Zeit, kamen wir an die Macht und
haben die Tech-Klasse geschaffen, um unsere
Arbeit zu machen. Und dann haben die Techs die
Deteks und die Special Police geschaffen und wir
haben alle kontrolliert..."

„Was ist los mit ihm?", fragte David. „Ich kann ihn
kaum noch verstehen."

„Er braucht bloß seine Proteine", meinte Tausend
und drückte den nächsten Knopf. Die nächste
Nadel wanderte zum Arm des Controllers. Sie

injizierte die zweite Dosis und unmittelbar vergilbte Grafs Hautfarbe und sein Körper schien im Sitz zu versinken.

„Was ist denn der Sinn von alle dem? Warum die Regeln und die Ab-Gs? Warum der Kaufrausch und Kreditkarten?"

„Zweihundert Jahre lang haben wir alles recycelt und euch dasselbe Shampoo in dreißig verschiedenen Farben verkauft", erklärte Graf. „Wir gaben vor, euch alles zu geben, was ihr jemals haben wolltet. Aber in Wahrheit waren es wir, die die Nachfrage gesteuert haben."

Es war einen kurzen Moment lang still, bevor er fortfuhr:

„Abgewiesene sind Menschen, die nicht ins System passen. Sie weigern sich, ihren Platz zu akzeptieren. Wir schicken sie in die schlimmsten Gegenden und lassen sie die Drecksarbeit machen. Die Regeln stellen sicher, dass kein Ab-G jemals in eine Machtposition gelangt..."

Seine Stimme versagte erneut.

„Wir verlieren ihn wieder", sagte James.

Tausend nickte und leitete die letzte Phase ein.

„Er ist schwächer als Esther..."

Die letzte Nadel stach ein, und der Körper des Controllers schien plötzlich aschfahl und brüchig, wie verglühtes Feuerholz.

David hatte noch eine Frage.

„Wie ist die Welt außerhalb der Stadt? Der...Krieg...ist doch vorbei, oder?"

„Der Krieg hat vor über zweihundert Jahren geendet", antwortete Graf. „Außerhalb der Stadt gibt es keine Welt mehr. Die Stadt ist alles, was davon übrig ist!

Nach dem Krieg sind die Überlebenden aus den Bunkern gekrochen und haben diese Stadt gebaut, den alten Bunker im Zentrum. Darum gibt es dreizehn Untergeschosse. Wir haben jeden Zentimeter Land von der geschmolzenen Masse aus Asche und Schlacke zurückerobert. Jedes Jahr hatten wir mehr Probleme die Leute am Leben zu halten. Viele haben es in der Ödnis versucht und sind dabei gestorben, bis das NET erfunden wurde. Das NET hat uns Effizienz gebracht und es möglich gemacht, die alte Gesellschaft wiederaufzubauen. Wir haben sie, innerhalb der Grenzen der Stadt besser gebaut als sie jemals zuvor war!"

„Und komplett sinnfrei dazu", ergänzte Tausend. „Shopping, Handel, Eigennutz – nichts davon bedeutet etwas. Es sind bloß hohle Aktivitäten, um sicherzustellen, dass wir auf keine anderen Gedanken kommen.“

„Das ist immer noch besser als Krieg...“ antwortete die schwache Stimme des toten Mannes.

Tausend warf die Fernbedienung in eine Ecke.

„Ich bin mit ihm fertig“, sagte er grimmig,“ wenn sie noch Fragen haben, bitte...“

David und sein Vater sahen einander an. Sie verarbeiteten noch die Informationen und begriffen langsam das ganze Ausmaß der Geschichte.

„Also ist gar nichts real...oder war es jemals für uns“, sagte James Armstrong.

„Wir haben nur die Wiederholung, die Nachahmung einer Wirklichkeit gelebt, die vor 200 Jahren untergegangen ist.“

Er sah zu Tausend.

„Sieht so aus“, befand der Detek nüchtern. Er zeigte auf das Armband.

„Was ist damit? Was habt ihr damit vor?“

„Wir werden das jetzt ändern!“, erklärte David.

„Dann lasst es uns anpacken!“, verlangte Tausend.

Sie ließen den toten Controller auf seinem Sessel
zurück und eilten zur Tür.

David führte sie bis vor eine große leere Wand. Sie sahen zweifelnd daran hoch.

„Hier soll es sein?", fragte James Armstrong skeptisch.

David antwortete ihm nicht und fragte stattdessen das NET.

„Sind wir da?"

„Ja, Ichselbst"

Ein Klicken.

Dann ein Beben, während die Wand sich zweiteilte. Putz bröckelte zu Boden und ein Spalt erschien in der Mitte der Wand. Dann wurde die Wand von unglaublicher Kraft auseinander gerissen. Und in der Mitte erschien eine mannsgroße runde Bunkertür. Die massive Stahltür schimmerte und erbebte, als sich die Bolzen des Verschlusses nacheinander lösten. Ein Warnlicht schaltete sich ein, und sie schwang geräuschlos auf. Zischend war Luft aus dem Inneren entwichen. Kühler Zementgeruch strömte ihnen entgegen.

Langsam tastete sich die Gruppe vorwärts und warf einen Blick ins Innere, wo sich jetzt die

Notbeleuchtung einschaltete. David ging als erster hinein, getrieben von Neugier. Ein abgenutzter Sessel, ein paar veraltete Schaltpulte, Flachbildschirme und jede Menge Kabel überall. Die Wände bestanden aus nacktem Zement und auf allen Oberflächen lag feiner Staub. Sie standen im Herz des alten Bunkers. Vor über 200 Jahren alter Technologie.

David war etwas enttäuscht über die Enthüllung.

„Das ist alles?", fragte er. „Das ist das NET?"

„Positiv", sagte eine Stimme über Lautsprecherboxen, die an den Wänden montiert waren. Auf dem Hauptbildschirm war eine Plakette aufgeklebt. Darauf stand in Handschrift gekritzelt: „Master Controller". Der Bildschirm schaltete sich automatisch ein und ein androgynes Gesicht erschien darauf.

„Willkommen, Ichselbst", begrüßte es David.

Er kam näher und setzte sich auf den Sessel.

„Hallo NET!"

„Ich erwarte deine Eingabe."

„Schalte es ab, Schalte alles ab", verlangte sein Vater.

David studierte das Gesicht auf dem Bildschirm,
auf der Suche nach irgendeiner Emotion,
irgendeiner Regung. Vielleicht suchte er eine Spur
von Furcht vor der unbekannten Zukunft, die sie
erwartete, darin. Die Furcht vor einem neuen
Krieg, möglicherweise. Das Gesicht sah ihn jedoch
unverwandt an und erwartete seine Befehle.

David seufzte.

„Schalte dich aus, Net. Leb' wohl!"

Sofort gingen die Lichter aus, und sie standen in
tiefer Schwärze. Die Revolution konnte beginnen.